岩波現代文庫／社会 246

# 未来からの遺言

## ある被爆者体験の伝記

伊藤明彦



岩波書店

この物語の主人公と、周辺の人々の本名をあかすことはできません。

その理由は、この文章を最後まで読んでくだされば、お判りいただけると思います。

いまから九年前収録され、ある場所に眠っている三巻の録音テープ。

このテープのなりたちをめぐる事実を、自分の記憶が正確なうちに書きとめておくために。

そしてもしできることなら、この文章を読んでくださるあなたにも、この録音テープをめぐるふしぎを、私といっしょに考えていただくために。

私はこの文章を書きました。

# 目次

# 出会い──集会場にて

──その人、吉野啓二さんにはじめて私があったのは、一九七一(昭和四六)年一一月一三日のことでした。この文章を書きはじめている七九(昭和五四)年一〇月のおよそ八年前のことです。土曜日でした。

その日東京港区の芝公園に近い中退金ホールという会場で、私はひとりの婦人の被爆者がくるのをまっていました。

そこは、日本原水協の主催によって、「アムチトカ島核実験抗議・沖縄協定批准反対・被爆者援護法要求・中央全都道府県代表者集会」という集まりが開かれる予定の会場でした。

一〇年間働いていた長崎放送の職場を去ってから、私に一年四ヵ月がすぎていました。東京港区にある、小さなニュースの通信社に勤めるようになってから七ヵ月目、友人数人と小さなグループ「被爆者の声を記録する会」を作って、とりあえずは東京に住んでいる被爆者を対象に、ほそぼそと録音作業をはじめてから四ヵ月目でした。

広島・長崎・ビキニで実際に核兵器に被災した人たちを訪ねて、そのとき、見、聞き、体験したこと、そのときいらい身の上におこったこと、感じ、考えつづけていることを、その人たち自身の言葉と声で語ってもらって、それを録音に収録すること。収録テープは、将来建設されなければならない、公立の「原水爆被災記念資料館」に寄贈させてもらい、公的な力で保存・公開してもらうこと。それが、私たちが作った小さな会の目標でした。

被爆者の体験をその人々自身の声で残しておきたい。その声は文章や写真、数字やデータでは伝ええない、被爆と被爆者についてのなにかを、未来にむかって語りかけるのではあるまいか。

被爆地で一〇年間ラジオ記者をつとめた私の胸のなかに、それはぼんやりと宿ってきたひとつの予感でした。

まっていた婦人の被爆者は、まもなく会場に現われました。

東京都の被爆者組織が、私に紹介してくれた被爆者のひとりでした。私は録音への協力を頼み、婦人は了承しました。

録音の日どりもきめてもらいました。

用件がすんで、

「どうせ話をきくのなら多いほうがいいんでしょう? この人なんかもどうかしら。」

婦人はそういって、そばにいたひとりの男の人を私にひきあわせてくれました。

その人が吉野さんでした。

六時半からの開会にはまだ間がありました。窓の外はもううす暗くなっていました。東京の晩秋の夕暮は、長崎より一時間は早くくるように感じられました。参加者は、三百人くらい入りそうな会場の六分か七分くらいの席に着いて、雑談をしたり、挨拶をしあったりしながら開会をまっていました。

明るさをました蛍光灯の光の下で、私はその人のほうをむき、その人をみました。

小学生のように小柄な人でした。四〇歳くらいにみえました。色は黒いほうでした。身長のわりに頭が大きく、額が広く、その下に奥目が窪んでいました。やせて、こめかみの肉はうすく、青く血管が浮いてみえました。頰は細く、唇はうすく、あごはとがっていました。頭髪はベトナムの人々がよくそうしているように、高く刈り上げ、前にたらしていました。

気の毒なようにみすぼらしい身なりであることにも、すぐ気がつきました。

自分で洗濯したものとひとめで判るよれよれのYシャツを着け、ネクタイはしていませんでした。うすねずみ色の上衣。折り目のない黒っぽいズボン。その上にはおった灰色のコート。一度も磨いたことがないのかもしれない、黒の短靴。そのどれもが着古され、はき古されていました。

このような連想が吉野さんにたいして失礼であることは充分承知しています。しかし吉野さんの第一印象がどのようなものであったかを知っていただくために、私は自分が感じたことを事実のままに書かないわけにはいきません。

吉野さんとむきあったとき、私は水上勉の小説「雁の寺」の主人公慈念、作者によって「軀が小さく」「陰気で」「片輪のようにいびつに見え」「頭の鉢が大きく」「額が前にとび出し」「ひっこんだ奥目のどこかにかなしみに充ちた光りがあふれている」――そう描かれた、少年僧慈念を思いうかべたのです。

のちにたしかめたところでは、吉野さんの身長は一五一センチ、体重はこのとき四〇キロでした。

これは最近の数字で比べると、中学一年生女子の平均的な身長・体重とだいたい同じです。

私は自己紹介し、私たちがはじめている作業のことを説明しました。

すこし話してみて、すぐに、その人にかなり重度の吃音があることもわかりました。

その人――吉野さんの吃音を、ここに文字にうつして再現することも、吉野さんにたいしてたいへん失礼になるでしょう。しかし吉野さんがどういう人であるか――、というより、吉野さんが負うてきた人生がどのようなものであるかを理解していただくために、すくなくともこのときの最初の会話についてだけは、その失礼をおかすことを許していただかなくてはなりません。この重度の吃音で、吉野さんはのちに五時間以上にわたって、その被爆体験を語ったのです。

被爆した人たちが体験したこと、それからこれまであゆんできた人生を話してもらって、録音に残しておきたい。そうすればこれから先々も、原爆とはどんなものか、被爆者とはどんな人々か、伝わっていくだろう。原爆を二度と使わせないことに役立ててもらえるかもしれない。私はそんなふうに説明しました。

吉野さんは私たちの試みの意図をそくざにのみこんであいづちをうったのですが、それを吉野さんの発音どおりに言葉にうつすとこんなぐあいでした。

「そ、そ、そうですねえ、も、もう、ひ、ひ、ひつような、ことですねえ。か、か、かぞくが、し、しんだ、ときの、よ、ようすや、なんかを、ですねえ。こ、このままだと、わ、わたしたちも、こ、こまかい、ことは、わ、わすれていくし……ひ、ひ、ひばくしゃだって、いつまでも、い、いきている、というわけに、い、いきませんからねえ……。」

吃音の人がだれでもそうであるように、最初の音がどうしてもでてこないため、発音につまってまぶたが閉じたり開いたりするのです。そしてちょうどにわとりが、呑みこみにくいものをやっと呑みくだすときのようすでのどと首を動かして、ひとつの言葉を発音することができるのです。が、すぐに次の言葉の発音につまってしまいます。首の腱と顔の筋肉の苦しそうな動き。前後にゆれる広い額。こめかみの血管のふくらみ。口元にたまる白い唾。それをみれば、その人にとってものをいうことがどれだけ努力を要する作業であるか、判るのです。

それは初対面の者には、強い印象を与えずにはおかぬ容姿とそぶりでした。もしこの人が被爆者であることを知らなかったら、私は吉野さんを、脳性小児まひの後遺症がある人か、なにかの先天的な障害のある人だと思ったかもしれません。

吉野さんの発音をうつすことはもうしませんが、私たちの会話はこんなふうに進行しました。

「吉野さんはどちらで被爆なさったんですか。広島ですか、長崎ですか。」

「長崎です。長崎の城山におったもんですから。」

「そうすると爆心からずいぶん近いところですね。ご家族の皆さんはごぶじだったのでしょうか。」

「お父さんも、お母さんも、兄さんも、姉さんも、皆、死んでしまいました。」

「ご自分のほかに、どなたか、ごぶしだった方はいないのですか?」

「いいえ、だれもいません。だれも帰ってこなかったです。」

「いまはどなたかとごいっしょに?」

「ひとりで、アパートを借りています。病院にかよっています。身体がわるいもんですから。」

きけば生活保護を受けているということでした。

――この人にはぜひ話をお願いしてみたい。私は思いました。

あの日、あのときの話だけに終らぬ被爆体験。正確にいえば被爆者体験。その後の年月、ひとりひとりの生活のなかに刻まれてきた被爆の傷跡。それを、その人の心の内面、人間らしい感情を、最も直接的に表現する、その人自身の声によって記録し、表現したい、そう考えていた私には、吉野さんはぜひ話をしてほしい境遇の人に思えました。

被爆で全滅した家族のただひとりの生きのこり。独り暮らし。病弱。たいへんみすぼらしい身なり。生活保護。東京にいる。この人について判ったのはそれだけでした。が、それで充分でした。

それでも私はちょっとためらいました。

このように重度の吃音の人に質問をあびせ、答えを求めてよいものだろうか。しかもそれを録音したり、あとに残したりしてよいものだろうか。その一問一答が、この人にとっては拷問とおなじに感じられてしまう心配はないだろうか。ケロイドに悩む被爆者に、写真をとらせてほしい、と求めるのとおなじように、そんな頼みじたいが、この人を傷つけることになりはしないだろうか。

しかし結局、私は吉野さんにお話をお願いすることにしました。

その理由は――、というより、その前提になったのは、吉野さんが実にすばやく、私たちのこの試みの意味をのみこみ、理解を示したことでした。

そのときからおよそ八年の間、私と友人たちは約二、〇〇〇人の被爆者にあって、私たちの試みの趣旨を説明し、協力をおねがいしました。そして約一、〇〇〇人の方々の同意をえて、録音をとらせていただきました。同じくらいの数の方々からは同意をいただくことができず、録音を断わられました。

感銘ぶかい、忘れられぬ話をしてくれた被爆者は、さいしょにあって協力をお願いしたとき、同意してもらえるまでに要した時間が短かった。お願いし同意してもらえるまでに長い時間が必要だった場合、感銘深い話をしてもらえた例は多くなかった。

このことを、いま、私は経験によって知っています。

吉野さんの場合も、この経験則に完全に一致していました。

しかしそれにしても、この八年の経験のうちで吉野さんのようにすばやく、私たちの試みの意図を理解してくれた人は、ほかにさがしあたりません。

このことを、いま、私はこの夕方のふしぎなことのひとつとして思い返すのです。

私はお願いし吉野さんは承諾しました。私たちはそれから、私が録音機を持って吉野さんの住まいを訪ねていってもよい日時をうちあわせました。

自分は通院中で、長い時間、話をすることには医師の許可が要ると思う、場合によってはいちどきに話す時間を制限してもらわなければならないかもしれない、吉野さんはそういいました。

私は同意し、そのほうが自分としても安心だ、と答えました。

会話のなかで、吉野さんの言葉の語尾が、

「(家族は)いましぇん。」

「(電話は)ありましぇん。」

と九州ふうに訛るのを、私に実になつかしくききました。

それから私はふと思いついて、こんなことをたずねました。

「長崎市役所の、いまは何課におられるかなあ、あの吉野さんは、ご親戚かなにかではないんですか?」

じっさい、私が知っている長崎の吉野さんは、背丈こそもっと高くはありましたが、やせて、頭が大きく、額が広く、髪を刈りあげた顔全体の感じが、どことなく、この吉野さんに似ていました。私はそれをつけくわえて説明しました。

「いいえ、知りましぇん。」

吉野さんはひとこと答えただけでした。

それは同郷の人とあったときにだれでもがする、ごくたわいない質問でした。もし、ふたりの吉野さんが親戚か、知りあいででもあれば、私たちは共通の知人をもっていたことになるわけですから、録音に先だって、すこしは自分に親しみを持ってもらえるかもしれない、そんな期待も私にはありました。

ところがその次に吉野さんにあったとき、自分に似ているその長崎の同姓の人が、被爆のその日から行方の知れない自分の兄ではないかと考えて、ひと晩眠れなかったということを、私はきかされたのです。

自分のたわいない質問が、吉野さんの一夜の安眠をうばうという意外な結果になったことを知って、私は恐縮しました。

他の者にはうかがい知れぬきびしい体験を胸にひそめている人々にとって、どのようななにげない会話や質問も、鋭いやいばになることがあることを知って、粛然としました。

この事実。

たわいない私の質問のせいで、一夜眠ることができなかったと吉野さんが語ったこの事実。

八年たったいま、このことをこの日のふたつめのふしぎなこととして、私はつくづく思いおこすのです。

まもなく集会ははじまりました。

私たちはそれぞれの席にわかれました。

被爆者である吉野さんは集会場の真中の席へ。もともと、この集会に参加するためにきたのではなかった私は最後列へ。

あとから考えると、この夜の集会は、主催者にとってはかなり力を入れたものであったように思われます。

著名な学者や運動家などが、ずいぶんこの集まりに参加していました。

しかし私には、集会そのものについてあまりはっきりした記憶がありません。

集会の参加者が少ないことを気にした主催者団体の事務局長が、うしろの壁を背に傍観者然として立っていた私のそばにやってきて、

「新聞記者が写真をとるときだけでも席にすわっててよ。枯木も山の賑わいなんだから。」

そう冗談のようにいったこと。

集会の議長団を紹介するとき、その事務局長がすべての人に「先生」の敬称をつけたこと。そんな断片的なことが記憶に残っているだけです。

八年前にちょっと傍聴しただけの集会です。あたりまえかもしれません。

この集会の正式な名称も日時も、この文章を書くために図書館にいって新聞の縮刷版を調べてたしかめました。

ただこの日は、はじめて吉野さんに出会った日として、私の記憶に残っているのです。

明るさをました蛍光灯の光の下の吉野さんの特異な風貌とその身なり。会話のひとつひ

とつ。それを私はありありと思い出すことができます。

吉野さんと正面からみあって、少年僧慈念を連想したことを、昨日のことのように思いだします。

# 吉野啓二被爆を語る

東横線の中目黒駅から駅前の商店街を一五分くらい歩くと、低い丘の上に小さな家がごちゃごちゃと建てこんだ、住宅密集地になります。

吉野さんが住んでいるアパートは、その一角にありました。

だだ広くどこまでもひろがった東京の、どこにでもある住宅密集地の、どこでもみることができる、粗末な作りの木造アパートでした。

玄関に作りつけられた、大きな汚れた下駄箱。住人の名前を書いて貼りつけられた紙が、ところどころはがれたベニヤ造りの新聞・郵便受け。そのままではすれちがえそうにない、狭い、冷え冷えした廊下。建て増しをくりかえしたためらしく、不自然な構造でとりつけられている階段。貧乏な学生やあまり裕福でない独身者が住みついているらしい、賃貸アパートでした。

吉野さんの部屋はそのアパートの二階にありました。

三畳間で、奥の一間分がガラス戸の出窓になっていました。半間の押入れがついていました。窓側には小さな本箱が置かれ、わずかな本や雑誌、LPレコードなどが並んでいました。『学習の友』『音楽の友』などの雑誌や、『空想から科学への社会主義の発展』の解説書、『蟹工船』『一九二八・三・一五』の文庫本などが目につきました。

入口に近い一角には段ボール箱が横向きに置かれ、そのなかにジャガイモやキャベツ、玉ねぎ、それに何枚かの皿と丼、卓上用の醤油びん、サラダ油、アジシオのびんが収められているのがみえました。玉ねぎのいくつかは畳の上にこぼれだしていました。畳の上には新聞紙がちらばり、ベニヤ板の将棋盤がほうってありました。壁の釘やハンガーには、シャツ、ズボン、先日の古ぼけたコート、雨傘などがぶらさげられていました。

そのほかには家具のない部屋でした。が、部屋の真んなかに小さな電気ごたつをおいて、吉野さんが窓を背に部屋の奥に、私が入口を背に向かいあって座って、こたつの横に録音機をおくと、もう部屋はいっぱいの感じでした。

私がはじめてこの部屋を訪れたのは、あの集会場で吉野さんにあってからちょうど一〇日目。底冷えのする寒い日でした。もう初冬に近い曇り空の下を、冷たい風が吹いていました。

吉野さんが医師によって許された一回の会話時間は一時間ということでした。この日と、翌一二月の八日と二八日、つごう三回私は録音機を持って、この部屋を訪れました。毎回、医師の制限時間はオーバーしてしまいました。

遠くの高速道路をたえまなく自動車が走っていく、地鳴りのようなかすかな響き。東横線の電車が遠くを通りすぎていく音。表の道路で遊んでいる子供の声。窓の外のトタンぶきの庇を猫が歩いていく音。猫の啼きごえ。通りすぎていくゴミ収集車のチャイム。ちり紙交換車の声。そんなもの音をバックにしながら、録音は五時間余になりました。

録音のまえに私は、私が質問をするための準備として、吉野さんの生年月日、当時の住所、家族、被爆の場所、家族の被爆状況、そのご現在までの吉野さんの生活のごく大筋を、あらかじめきかせてもらいました。

その大筋をきくための問答がどのように行なわれたのか、録音以前のことですので、いまは知ることはできません。

ただ私の手元にはそのときのメモだけが残っています。そこでまずそのメモの内容から紹介します。

吉野さんが語ったところによると――。

吉野さんは一九三五(昭和一〇)年一月一日長崎市の城山町で生まれました。

父は吉野竹蔵といい、三菱重工長崎造船所の幸町工場で働いていました。

母はやよひといいました。

吉野さんは七人兄弟の末っ子で、三人の兄と三人の姉がいました。

長兄が三菱造船の飽ノ浦の工場で働いていたほかは、五人の兄・姉ともまだ学校の生徒でした。

一家は城山町一丁目に住んでいました。

父、母、兄、姉たちの正確な年齢、二番目の姉をのぞく他の兄姉たちの名前は、よく判りません。

一九四五(昭和二〇)年八月九日、吉野さんは当時城山国民学校四年生で、自宅に近い、爆心から九〇〇メートルの防空壕で被爆しました。それほどひどい負傷はしませんでしたが、数日後から、放射能によるはげしい急性障害に襲われ、その後遺症状が甚だしく、それから一五年間、病院で寝たままの生活を送りました。

母は同じ城山の壕で被爆死しました。父と兄、姉たちとはその後あったことはありません。

二番目の姉、早苗がただひとり生き残り、吉野さんの看病にあたってくれていましたが、一九五三(昭和二八)年七月、急性の白血病で世を去りました。

吉野さんは翌年東京の東大病院に転院、一九六〇(昭和三五)年六月、被爆してからほぼ満一五年目に退院しました。

その年神戸の工場に雑役係として就職しましたが、くりかえし工場で倒れ、翌年神戸医大附属病院に入院、そこから再び東大病院に送られました。

一九六二(昭和三七)年暮に東大病院を退院し、浅草のお寿司屋さんに働き口をみつけましたが、そこでも身体の具合が悪くなり、浅草寺病院に入院、失職しました。

翌年退院後、簡易旅館、生活相談所、一時保護所などを転々としたあげく、その年の暮目黒区にある社会福祉法人愛隣会に入居、生活保護を受けるようになりました。

この間、東京都内のあちこちの病院に通院しました。

一九六六(昭和四一)年民医連の代々木病院に入院、六九(昭和四四)年一一月厚生大臣による医療認定を受け、いわゆる「認定被爆者」となりました。

一九七〇(昭和四五)年一〇月、つまり私が吉野さんにあう約一年前に代々木病院を退院して、目黒のいまの部屋をみつけ、入居しました。

そして現在も生活保護を受け、自炊しながら通院生活を続けている——。

これが、録音に先だって吉野さんが語ってくれた、吉野さんの来し方についての大筋でした。

このおおよそのメモの時間的順序に従って、私は吉野さんに質問し、吉野さんは語りました。

吉野さんがひと通り語ったあと、ところどころで区切りをつけて、吉野さんが話したことについて判らなかったこと、足りなかったことを確かめ、それから前へ進む、録音はこういう方法で進行しました。

吉野さんが語ったことを最も忠実に再現しようとすれば、五時間半ほどの録音テープをおこした、速記録の全部を紹介するほかないでしょう。しかしそれでは、あまりに長い、読みにくい文章になってしまいましょう。

ここでは、全体の話の流れのなかで、重要ではないと思われる部分をはぶきながら、吉野さんと私との問答のおおよそを記すことにいたします。文字にうつすことはむろんしませんが、吉野さんの言葉のすべてが、あのはげしい吃音によって語られたことはいうまでもありません。

## 一日目——被爆

「はじめに原子爆弾にあう前のことからおきかせくださいませんか。吉野さんが育ったのはどんなご家庭だったのでしょう。子供時代の楽しかったこと、いまでも忘れられないこと、どんな思い出が残っているのでしょうか。」

私はききました。

両手をこたつのふとんのなかにつっこんだ前かがみの姿勢で、吉野さんは語りはじめました。

一一月二三日、曇天。風の強い、初冬の昼さがりのことです。

「さっそくいいんですか。あの、そのことについてなんですけど、いまも話したように、僕は七人兄弟の末っ子だったんですね。家族の……親父にしても、お袋にしても、ほんとうにあの、よくしてくれましたし、それから姉たちも、兄たちも、僕が末っ子だったせいかもしれませんけど、やさしくしてくれてましたですね。僕が友だちと喧嘩して泣いてくると、どうしたの、どうしたの、といって、たいへんだったんですよ。

楽しかったことというのは、よく、兄姉《きょうだい》たちとピクニックにいったことですね。長崎は山が多いから、よくピクニックにいって、栗を拾ったり、昆虫をとったり、飛行機をとばしたりしたんですよ。飛行機とか、グライダーとか、作って飛ばしたりするのが、兄貴たちも、私もだい好きだったものですからね。それに親父までが加わって、飛行機の作り方を教えてくれたりしましてね。和やかな家庭だったと思うんですよ。本当に、ああいう戦時体制ではあったけど、生活環境としては、平和だったんですよねぇ。

私は国民学校にいってたころは、健康でピチピチしていたんですね。一年生のときから四年生までずっと皆勤だったんですよ。体操とか、算数とかが好きでね、そんな時間は本当に張切ってましたけどね。で、とくに、体操の時間なんか、駆けっこするのが得意だったもんですから、ですから、友だちと走りだすと、こっちのほうが先頭にいたもんだから、みんなですね、あとからついてきて、ネズミ小僧だー、なんていって追いかけてきて……。」

この駆けっこにはよほど愉快な思い出でもあるのでしょうか、このとき吉野さんは愉快そうに笑い声をあげました。それは半ぶん得意そうな、半ぶんてれたような、ふ・ふぇ、ふ・ふぇ、ふ・ふぇ、という、特徴のある笑い声でした。

城山国民学校の校庭に上級生が作った芋畑で芋掘りの手伝いをして、大きな芋を掘りだして喜んだことがある、吉野さんはそんな思い出も語りました。

「でもね、そのうち兄さんや姉さんは、全部報国隊にいくようになりましたから。二番目とか、三番目の兄さんなんかも、姉さんを含めて、皆ね、全部ですね、軍需工場のほうに動員されましたから。だから、昭和二〇年に入ったころには、もう、はっきりいって、兄さんたちとはつきあうことができなくなったんですよね。兄さんたちは、もう、缶詰にされた状態だったわけですからね。帰ってきても夜遅くなってからでしょう？　だから、兄さん、て呼べる日はなかったんですよ。いま、思いだすと。それだけでもね(吉野さんはここでちょっと涙声になりました)、いまこそ涙は出ませんけど、あのときは本当によくですね、僕、独りぼっちになって、淋しかったですよねぇ。

だけど親がね、そんな淋しがっちゃ駄目だとかいって、慰めてくれましたし、友だちがいましたからね。それでなんとか、自分の気持を支えていたと思うんですよ、そのころ。」

このころ吉野さんの両親は、吉野さんと、同じ城山国民学校にいっている、すぐ上の姉だけでも、田舎へ疎開させようと考えたことがあるそうです。吉野さんは両親がそんな会話をしていることを耳にした記憶がある、と語りました。しかしこの疎開は、兄たちや吉野さん自身の反対で実現しませんでした。

長崎の市街地は、原子爆弾が投下されるそのときまで、他の都市がうけたような、集中的な焼夷弾攻撃をうけたことがありませんでした。空襲の怖ろしさを、長崎市民は、ほんとうには知らされていませんでした。

それに城山町は軍需施設や市の中心街から離れた郊外の住宅地でした。被爆の直前、市の中心部から城山へ疎開してきた家族も、少なくなかったのです。

吉野さんの話によれば、一家も、原子爆弾、当時の言葉でいえば新型爆弾の怖ろしさはもちろん、通常爆弾や焼夷弾による空襲の怖ろしさも知らないまま、八月九日をむかえたようです。

「それでは、吉野さんが被爆した日のことをきかせてくださいますか。その日、朝起きてからの一日のできごとを、覚えているかぎり、話していただきたいのですが……。」

「そうですね、あの朝僕が起きたのは七時ごろだったと思うんですよ。お父さんも、兄さんも、みんなもご飯を食べよう、ということで食べて、食べ終ってあとかたづけをして、で、みんな、全部、ひとりずつ、順々に仕事にいきよったもんですから……そういうことだったんですけども。そしたら親父がですね……もう、親父も、兄さんも、もういったんですね。それで僕たちももう八時半すぎたころだったですから、学校にいかないと遅くなるからということで、……その日はちょっと遅刻したんですよね。

いって、ちょうど一一時前になって、あのう、なにかですね、きたぞう、ということになったんですね。飛行機がきたぞう、と。それでももちろん空襲警報は発令されましたけど、発令されたんですけども、いったん解除になって、警戒警報だけになったんですね。それでもいちおう危ないからということになって、学校では避難させたんですね。上学年の人たちは、まだ五、六年は残っていたんですけど。

僕が家に帰ってきて、お母さんから、いま、飛行機がみえたから外に出ては駄目だ、早く壕にいきなさい、ということでですね、いわれて、防空壕に入ってですよね、それでもやっぱり子供ですよね、もう、本当にあの、まわりの子供たちと、隠れんぼやったり鬼ごっこやったり、色んなことして遊んでたんですね。

そして、そのときに、あの、ピカッと光ったものを、感じて、そしてあの、それと同時にですね、爆発をですね、あれをみたんですよ。

それで僕は伏せたんですね。それで伏せて、ひょいと上のほうをみたらですね、お袋が、なにかあの、壁にぶつかってんですね。壁にぶつかるはずがないのに壁にぶつかってるもんですから、だからとんでいきましてね、母の肩をたたいたら、ど、ど、ど、ど、と、崩れていったんですけどもねぇ。

で、それからあのう、それからやっとのことで僕も這いだして、で、防空壕のなかから這いだしたときに——、なのかどうか知りませんけどね、やっぱり爆発があったときに、ガスを受けてたんでしょうね。それで外まで這いだして、やっとこさ、その、自宅《うち》まで、山を登って自宅まで駆けのぼったときには、自宅はなかったし、それからあの、近所はもうほとんど丸焼けだし、なんか泥まみれになった人たちばかりが、あっちこっちとんでいったりなんかしてね、も、一生懸命、みんな、なんかあのズタズタとですね、足やズボンとか破れたままの姿で、ほとんど裸になった状態で、通っていったんですよ。」

私はききました。

「そのときご自宅の丘からみた、まわりのようすはどうだったのでしょうか。ご自宅はどんなふうになっていたのでしょうか。」

「ようすはぜんぜん。ほとんどさいしょは、あれだけ晴れていたのに、ガスのようなものがたちこめ、しばらくの間晴れなかったんですよね。情景はただ、家はほとんど焼け落ちているし、煙突が四、五本立っているていどで、三菱製鋼所も『熔鋼炉』が半分落ちかけているようになっているし、落ちこんでいるし、大洋製氷会社のれんが塀が、なにかそのときの記憶としては残っているんですね。

それから浦上の天主堂も表のほうだけが残って、あとは落ちこんでいたし、城山小もですね、丘の上から呆然と見渡したんですけど、あんな丈夫な、鉄筋コンクリートで固められていた、国民学校が飴のように曲っているのが、すぐ丘の上から見渡せるんですね。

自宅は、ぜんぜん、あとかたちもないです。

水道管が折れ曲って、ぐにゃぐにゃになっていて、なかには溶けていて、それからあの、瓦もガラスのような状態になっていて、それを記念品に持っていたんですけどね、いまはもういらないと思って持っていませんけど。」

「いったん自宅のあとへ帰られて、それからどうされましたか……。」

「それで僕はその、裸で通っていく人たちのなかに、姉さんたちがいるんじゃないかと思ってですね、姉さんとか、兄さんが、まじっているんじゃないかと思って、その列のなかに入って探したんですけど、どうしても探しあてないんですね。ですからあの、これじゃしかたがないと思って、またその隊列のなかからぬけだして、そしてもういちど、自宅へ帰ってみたんですね。それでもだれもこないんですよ。

ですからこれはしょうがないと思って、あきらめなくちゃ駄目かな、と思って、そこで一夜すごそうかな、と思っていたら、そしたらあの、近所の深堀さんという方が夕方とんでこられてですね。あんた、耳を怪我してるよ、と。早くね、自分の妹がいる稲佐のほうにいこう、ということでですね。それからでも姉さんやなんかは探せるだろうということで、いっしょにその深堀さんという方におんぶしてもらって、そしてあの、稲佐のほうにいったんですけどね。ですけど、稲佐のほうには、もう、その深堀さんの妹の家はもうカラッポになっているんですよ。やっぱりあの、避難してますからね。ですからあの。ただそのときですねぇ、城山の、自宅のあとのまわりは、あちこちからうめき声がきこえていたし、僕の頭から消え去らないのは、その、赤ちゃんを自分の身体に抱いて、お母さんは死に絶えているんですね。それでも、赤ん坊に飲ませる牛乳びんを、飲ませようとして、口のなかにはめているんですよ。それを子供がゴクゴク飲んでいて、その赤ちゃんは無傷のまま助かっていたと、いうようなこともあったです。」

窓の外の風はいっそう強くなりました。吉野さんのうしろのガラス窓が鳴る音にまじって、ときどき、低く電線がうなる音がきこえてきました。

前かがみに、吃音をしぼりだすように語る吉野さんの奥目は、しだいに光をおびてきました。それはすべての被爆者があの日を語るとき、いつしかその目に宿ってくる光とまったくおなじものでした。その目の光を、怒りとか、悲しみとかいう言葉だけでは表現しきれません。語られている言葉だけでは表わしつくせないものが語り手の胸の中にめらめらと燃えていることを、きく者にうすうすと感じさせる目でした。

「あのときのことは口ではいいあらわせません。」「どんなに大げさにいっても、ほんとうにあったことほど大きくはいえません。」「みたもんじゃなければ判りません。」この言葉を、そのご何百人の口からきいたことでしょうか。それを経験したものからしないものへ、あったとおりに伝達できる条件が、被爆の惨状についてはないらしいのです。被爆者がそれを語るときの目の光、語気、語調、感情の高まり、何十年たっても被爆者がそれを語ってやまないという事実そのものからだけ、私たちは「ほんとうにあったこと」を、うすうすとさとるほかないらしいのです。

「ほんとにその日は、僕も、晩の暮れまで、その赤ちゃんをなんとかしてやりたい、と思いながら、やれずですね。それと、深堀さんの妹さんのところにいっしょにいく途中に、家の下敷になって、下から、小さな四、五歳の子供さんを抱いて、お母さんが、なんとかして自分の子供だけでも助けてやろうと思ってるんですがね。もう、お母さんは梁の、梁を背中に負ってるんですね。折れて、下敷になってるんですね。それでも、自分の娘だけを、赤ちゃんを、赤ん坊を出そうとしてやってるんですよ。だけど僕はもう、国民学校のまだ四年生ですからね、力がないんですね。いくらはごうと思っても、はぐことができないし、だからもう、しょうがなくて、深堀さんからも、もう、他人《ひと》のことはいいから、早く、もういかんと駄目だから、といわれてですね、人のだんじゃなかったですよねぇ。もう、夢中で逃げだすことが、もう一本道だったですからね。だからもう、逃げだすのに必死だったんですよ。

そして、そこで、その妹さんとこにいって、いったんだけどもだれもいないし、しかたないんで、その深堀さんが妹さんとこにあるお米なんか持ってきて、外で炊いて、で握り飯に握って、かごのなかに入れてたんですよね。

そしたら、そこにまただんだん避難してきた、黒ずんだ人たちが、とんできて、僕がひとつも食べないうちに、その握り飯にかじりついて、そして食べていった記憶があるんですけどね。

そして、その深堀さんのところで、僕の耳のところに、赤チンキを塗ってもらって、なんとか、その一夜をすごしたんですけど……。」

八月九日の話はここでひとまず終りました。私は吉野さんのためにここで録音機を止めてすこし休んでもらいました。

「吉野さん、お茶でも飲みましょうか。私、お湯をわかしてきますよ。」

そのとき、私はそういって、吉野さんさえうなずけば、室の外にある共用の炊事場にいくつもりで腰を浮かしかけました。が、吉野さんの表情をみて、きまりの悪い思いで座りなおしました。吉野さんはお茶を飲む習慣がなかったらしいのです。急須も、お茶の葉も、客のための湯飲みも、吉野さんの日常生活には縁がないものだったようです。

翌日、深堀さんとわかれて、まず三菱造船の飽ノ浦工場にいるはずの長兄を訪ねていった、しかし兄にはあえず、兄の居場所を知っている人もいなかった。吉野さんはまた語りはじめました。

吉野さんはその日もう一度自宅の焼跡に帰ってみますが、肉親は誰も帰ってきませんでした。吉野さんが兄や姉の姿を求めて、避難していく人々の列を探していると、通りがかった兵隊が吉野さんの耳の包帯から血がにじんでいるのをみつけて、救護所へ連れていきます。それは岩屋山のふもとの、小さな貯水池のそばにある救護所でした。

「救護所のようすは、ほんとうになんともいえないですね。ちょっと口にだせないですよねぇ。いまでも脳裡から離れていませんけどね。

ほとんどの人たちは手から足から、それから背中、身体にいたるまで、火傷を負っているし、またガラスの破片が、突き刺さったまま、そのまま残っているんですね。そしてそれが取れないいまま死んでいる人もいますし、どこから運びこまれてくるのか、ちょっと見当もつきませんけど、死んだ人も運びこまれてくるんですよ。

もうとにかく、凄くて、でもう、目をむき出したりですね、そこのなかから膿みたいなものが流れ出たり、たったあの、一日しかたってないのに、その、もう、小さな蛆虫《うじむし》がわいてる人もいたんですね。ほんとに、あのときのことはいま思い出してもゾッとします。そこで僕も耳とか、背中とか、肩の傷に、赤チンキなんか塗ってもらって、手当をうけたんですけど、僕の傷なんかそこでは怪我のうちに入らないんですよね。」

吉野さんはその救護所で父の知人にあい、父の遺体が三菱造船幸町工場の職場にあることを知らされます。吉野さんはその知人に連れられて幸町工場の焼跡を訪ねますが、そこでみせられたのは父の面影をまったく失った、黒こげの遺体でした。

その遺体を父と認めたくなかった気持を、吉野さんはくり返し語りました。

「ほんとうはその、耳とかなんとかの傷があったんですけど、とにかく肉親にあえるんだったらと思ってとんでいったんですね。そしたらあの、肉親の、ほんとは自分の親父のはずの、親父が、どうしても判らなかったんですよ。これが君の親父だといわれても、黒焦げになっていて、ブクブクふくれていて、自分の親父の輪郭にはぜんぜん似ていないんですよね。それから身体全体のようすからいってもですね。ただね、あるのは、その名前札が、洋服の裏のところに、吉野という名前はもう焼けているんですけど、ただ、竹蔵という名前がついてるだけですね。

それで、これだけで、君の親父だといわれても、これが僕の親父だということはいえない、そんなはずはない、いや、だけど君のお父さんここで働いていたんだから間違いない、ということで押し問答ですね。

それでも結局、その場でですね。死んだ人たちをいっしょたくに(吉野さんはいっしょくたという言葉をこんなふうに発音しました)、その僕の親父と指摘された遺体もいっしょたくに、地面の上に薪を並べて、その上に人を並べて、その上にまた薪をおいて、それで焼いてですね、その骨をもってきたんですけどね。ほんとうにいまでも、あれが親父だったんだろうか、あのなかに親父の骨が入っているんだろうかと、八月になると毎年のように、思い出しますけどねぇ。」

吉野さんの話によれば、吉野さんに放射能障害の症状があらわれたのはそれからでした。

鼻血・歯ぐきからの出血が最初のきざしでした。やがてはげしい下痢もはじまります。吉野さんの記憶では、それは被爆後三日目のことでした。

「で、そのときになって、その日になって、みんなですね、もう、ほとんどの人が下痢症状をおこしているし、それからあのう、私も白血球がずっと減っちゃいましてね、で、そのときに兵隊さんと、看護婦さんがですね、とにかく長崎医大に運ぼうということになって、長崎医大にいったんですけど。

長崎医大では、最初はベッドに寝かされなかったんですね。廊下のなかに、廊下のところに寝かせるのが精いっぱいだったんですね。そしてその日は一日終ったんですけど、もう、そのときもね、もう廊下もごったがえして、そしてもう、ただ、看護婦さんがやっと、ひとりひとりのところにいって、赤チンキを塗ってやるのが精いっぱいで、先生がまわるのは重症の患者だけだったんですね。

ただ、そのときに、僕の知ってる先生がいて、長崎医大に、僕の親父を知っていた先生がいて、こんな所においていたんじゃ可哀そうだから、ということで、あの、僕を、あのう、ちょうど人が亡くなったあとのベッドですね、そこにあの、移してくださって、わりとそのベッドは、わりにその、ほかのベッドよりは頑丈だったんですね。そして、ほかのところの病室なんかもう、窓が破れていたんですけど、その病室だけはどういうわけか、原爆の落ちた方向と違うせいだったかもしれませんけど、ガラスは割れていなかったんですね。で、そこだけは無傷のままで残っていて、そこに入院させられたんですけどね。で、そして、そのまま、あの、気を失ったんですけどね。」

「そのときのご自分のお怪我のようす、症状などは、どんなだったのでしょうか。」

「怪我は耳と背中です。それと左腕ですね。それから足にも、左足にも、まだ傷が残ってますけど。すこしケロイドが。

それと症状は、もう、身体じゅうが、痛くて痛くてたまんなかったしですね。それからあの、もう、なにか食べものをもってこられるんだけども、食べものをみるのも、イヤだったし、それから人をね、みるのが、イヤでイヤでたまらなかったんですよ。もう、なんていうのか、すごくね、僕ね、そういう状況のなかでたたきのめされていたもんですからね。

で、だからそういう状況で、二回も三回も意識不明の状態をくり返していたわけなんですよ。」

「そしてずっと医大病院におられたわけですか？　ほかのご兄弟の消息はきかれませんでしたか？　二番目のお姉さんでしたか、ごぶじだったのは……。」

「最初姉さんとめぐりあったことを申しあげれば、私が長崎医大に入院していることを姉さんがきいてきたらしいんですね。で、姉さんはもう、無傷のままだったんですよ。で、で、入ってきて、で、僕に、

〝いいの、どうしたの、身体は大丈夫なの〟

といって、ほんとにそのときはですね、姉さんの手を握って抱きあって泣きましたけどもねぇ。

で、そのときに姉さんが、

〝ぶじでよかったね、でも、うちの跡にいったけど、あんたがいなかったし、みんなどうしたんだろうかと思った。あんたは学校から帰ってきて、ちゃんと家にいなかったんだろうか、親のいうことをきいていたんだろうかと思った〟

というようなことを、くり返しくり返し、僕にいいきかせるんですね。

で、僕も、

〝いったん帰ったんだけどもね、二度も三度も帰ってみたんだけども、姉さんや、家族のものにはめぐりあわないし、ただ、お母さんが死んだことだけはね、これはもうハッキリしてる、と。それとね、親父がね、死んでいることも判ったから、その遺骨もらってきているよ〟

といってですね、姉さんに渡したら(ここで吉野さんは思わず涙声になりました)、姉さんはその遺骨箱にしがみついて泣くんですね。泣くんですけど、僕は涙がでないんですよ。どうしてかというと、いまね、いったように、ぜんぜん、その竹蔵という名前だけで、君の親父だときめつけられましたから、だから僕にはまだ信じられなかったんですね。」

「お姉さんはそのときはじめてご両親が亡くなられたことを……」

「え、知ったんです。それでがっかりしたんですね。僕はとにかく無我夢中で逃げて、お母さんの遺骨は、あとから町内の人が焼いてくださってて、僕が長崎医大病院にいるということをきいて、で、あとから届けてくださったんですよね。ですから、あの、その遺骨をふたつね、姉さんに出したら、姉さんが泣いたんですよね。」

「それは何日目ごろのことだったんでしょうか？」

「姉さんにあえたのはちょうど終戦日なんです。ええ、一五日です。」

「ほかのご兄姉の消息は……」

「消息は判りません。ぜんぜん。いまですら。兄さんがどうなったのか、いちばん上の兄さんがどうなったのか、まだいないのか、いるのか、それさえ判んないです。いれば、ほんとに、飛んでいってあいたいくらいですよ。ほんとにね。

僕もあっちこっち、あのころ、あのう、なんとかですね、探してやろうということで、探してくれた人もいましたけどね、なんとも応答もないし、とうとう、探しあてることはできなくて、行方不明になったままですね。

だから姉さんもね、いつまでも、くよくよしてもしかたがないから、とにかくみんながね、無事に帰ってくることを祈りながら、とにかく、病院でいっちょね、内職しながら、生活していこうということになったんですけどね。

それでも姉さんはまだ、一二か一三くらいですね。そんな年齢でやっていこうっていうんですから、ちょっと、なにができたろうかと思うんですよねぇ。

で、それで、やっと姉さんがですね、あの、その姉さんの友だちかなんかよく知りませんけど、とにかく人におそわって、内職する、刺繡を編むですね、もう終戦になった当時でしたけど、刺繡はまだ、あの時点においては、通用していたんですね。兵隊さんたちとかなんかに贈るための、刺繡ですね、アレをやっていたんですよ。終戦になっても。

それを人に売っては、それでなんとか治療代にあてて……だけど治療代なんかそれから出るはずがないでしょう？　だから困ったんですけどね。」

吉野さんの第一日目の話はここで終りました。

次に訪ねてきてもよい日をきめてもらって、私は冷たい風のなかを帰りました。街を「知床旅情」のレコードが流れていたのを思いだします。

正直にいえば、せっかく、吉野さんの気分ものってきたようなのに、話の途中で帰らなければならないのを、私は残念に思いました。吉野さんの話を、まだまだききたりませんでした。

しかし吉野さんがかなり疲れてきたことも、正面に向かいあって話をきいている私にはよく判りました。吉野さんの吃音はだんだん判りにくくなり、ひとつの発音を吐きだすたびに、両まぶたがとじられる度数も繁くなってきていました。薄い唇の両はしに白い唾がたまって、ロレツがあやしくなってきているのも判りました。これ以上はお願いできないと判断して、私は最初の日の話を終ることにしました。

それでも、その当時まだ健康で、身体が弱い人への思いやりがたりなかった私は、そのとき、畳の上に将棋盤があるのに目をとめて、

「吉野さん将棋やるんですか？　僕と一番やってみませんか？」

と誘ってみました。

もうすこし、吉野さんと仲良くなって帰りたい。まだそんな未練があったのです。

吉野さんは立てひざをして、両腕をうしろにつき、休んでいました。

「いいえ、もう、腰が痛くて、ほんとはもう、横になりたいくらいです。」

その返事には、私の狎れを許さない、コツンとした固い響きがありました。

## 二日目――姉さん

録音機をさげて、二度目に私が吉野さんのアパートを訪れたのは、太平洋戦争がはじまってから、ちょうど三〇年目の記念日でした。一二月八日、先日とはうってかわって、風のない、小春日和のおだやかな一日でした。

二日目の録音に先だって、吉野さんは被爆の瞬間のことをもういちど話させてほしいと私にもとめました。

話しもらしたことがあるかもしれない、

「もし、そうだったらたいへんですからね。」

というのです。

二日目の録音は、八月九日のことをもういちど、吉野さんに話してもらうことからはじまりました。


「防空壕のなかに入っていて、原爆が落ちた瞬間ですね、あの、物凄い光と、それからあの、その光が、異様な光を発して、それがたったの数秒のうちに光が消えて、で、もう、そのあとに、爆発音ですね、もの凄い大きな爆発音が、おこりましたもんですから、それで直撃を受けたのかなと思って、まあ、防空壕のなかに伏せたんですよね。かくれんぼするどころの騒ぎじゃなくて、伏せたんですけどもね。

そういう点を訂正してもらえればよろしいです。」

「お母さんはそのときどこに?」

「お母さんは防空壕の入口のそばで近所の人と話していたんですね。で、話していたんですけど、爆風で吹きとばされたのかもしりませんけど、壁にぶつかってですね、防空壕の壁に。で、あのう、やっぱり、骨があのう、身体がですね、こんな風に、なんか、腰を曲げるような格好でいたもんですから、お母さん、といって手をついたとたんですね、お母さんの身体がですね、崩れ落ちるような格好で崩れ落ちちゃって(ここで吉野さんはちょっと涙声になりました)、これで、お母さんも死んだのかなあ、と思ってですねぇ。」

あとからききくらべてみても、被爆の瞬間のようすについて、最初の日に吉野さんが語ったことと、二日目に語ったこととのあいだに、それほどの違いがあるようには思えません。

このエピソードは、意味がないことのようにも思えます。

それでもこの事実を私が書きとめておくことにするのは、やはり、このエピソードには、ある意味が存在するのではないかと感じるからです。

ふたつの話のあいだにどんな違いがあるかということよりも、吉野さんがそういう要求をしたということじたいに、私はその意味を感じます。そのような要求をした被爆者は、私の経験では、ほかにひとりもいないのです。

さて、それでは長崎医科大附属病院に収容された吉野さんと、お姉さんのその後を吉野さんにうかがいましょう。

「あの、姉さんの場合はですね、私といっしょに、あのう、ベッドの下に、ござをひいて、そして、病院からもらった毛布を一枚着て、そこに寝泊りしてたんですね。そしてまた起きては、刺繍を編んだりして僕の病院の費用にあてていたんですよ。それからあのすこしですね、すこしずつ、生活費用が出てたわけなんですけどね。ですけど、そいじゃほんとにまだね、充分なものじゃなくて、生活のあてにするようなこともできないしですねぇ。

それからずっと、姉さんはですね、だいたい八月の末ごろまでは、そういうふうにして刺繍を編みながら、やっていたんですけど、だんだんとね、あの、刺繍も人に通用しなくなったんですね。あの、通用しないというより兵隊さんもいませんから。

だからもう、こんどはほかのものを覚えなきゃならないということから、ほんとにね、人のまねをやって、で、あのう、編物を始めたんですけどね。その編物を教えてくれた方が、長崎医大にいまでもいらっしゃると思うんですけど。あのう、いまいらっしゃるかどうか、ちょっと判りませんけどね。

で、それでいくらか、あの、生活費を稼ぎ始めたんですけどね。それでも毛糸があるのも一時的ですしね。それにみんなもう、裸一貫で焼けだされた人たちばっかりですからね。だからもう、編んだといってもいくらのお金にもならなかったと思うんですよ。

そのころのことですけどね、病院で出る、その、おかゆに芋が入っているんですよね。芋を、こう、きれいに刻んだやつがね。それがおかゆに入っていて、それを食べさせられていたんですよ。私はずいぶんわがままをいいましてねぇ。姉さんに。こんなもの食べられない、なにか新しいもの買ってこい、なんていって、姉さんにしがみついて怒ったんですよね。

姉さんはもう、それにはどうしようもなくてですね。で、あのう、なんとか米を仕入れてくるから待ってらっしゃいといって、で、あのう、田舎のほうにいったようでしたですけどね。そして、それがあの、九月の一五日だったと思うんですけど。ハッキリ覚えてますけどね。で、そのときお米を、あの百姓さんから、自分で編んだ毛糸とね、あの、交換して、お米をもらって来たんですね。

で、その百姓さんがとても親切な方だったらしくて、あのう、ほんとうは一升のところを三升くらいにして、わけてくれたらしいんですよ。で、姉さんはそれを喜んでもって帰ってですね、すこしずつでも、それを食べて、体力をつけていこうね、っていって、そのお米を炊いてくれて、僕に食べさせてくれたんですね。

そのかわり姉さんはですね、芋食ってるんですよねぇ……。」

胸にこみあげてくるものがあったのでしょう。吉野さんは思わず絶句し、その口は泣くまいとして、ゆがみました。

「その姿みてですねぇ、僕もね、ほんとうにいけないことといってしまったなあ、と思ってね、姉さんに済まなかったと思って、それからあんまり、わがままもいわなくなったんですけどね。

そのときの情景はですね、ほんとうに、いまでもハッキリとですね、思い出されますけどねぇ。」

「そのときの吉野さんにはどんな症状があったんですか?」

「私の健康状態はですね、あのう、悪性貧血といって、貧血が激しくて、で、あのう、もう、便をするたびにですね、もう便に血がまじって、黒い便が、出てくるし、歯ぐきからもね、血が出てくるし、それからもう、うおっと、吐いちゃうんですね、血をですね。それからあの鼻からも血がね、やっぱり思わぬときに出てくるんですね。びゅうっと。そしてそれがしばらく続くんですよ。そういう状態が続いていたんですけどね。」

「倦怠感も……。」

「え、もちろんありましたですね。倦怠感とかなんとかいうのはもう、身体にですね、もう、ちゃんともう、自分の身体に、なにかもう、原爆が落ちた瞬間からおきていて、で、あの、身体がだるくてだるくてですね。で、だるいばかりじゃなくて、あちこち痛いんですよね。

だから、ベッドのうえに寝ていても、身体をかえたりすることさえできなくてですね。一生懸命、姉さんに、すがって、身体を横向きにさせてくれだのなんだのっていってですね、ずいぶん無理いったと思うんですけどね。」

「お姉さんはそのあとも編物をして？」

「いえ、あの姉さんは、あの、編物できてたのが、その年の一一月、一二月ころまでですかね。それから先はもう、編物を編む、材料がなくてですね。で、あのう、姉さんはしばらく失業したような状態になって、それからなにかの仕事に、いくようになったんですね。

その仕事がなんだったのか、あの、焼跡の整理だったのか、なんだったのか、僕もハッキリ覚えてませんけど。なにかそういう仕事を、手伝いにいっていたようですね。で、そのなかから、毛糸を編むときよりかはすこしは収入が多くなったんですね。それでもやっぱり、病院の費用が多くかかるんですよね。ですけど、もう、病院の先生たちも、僕のお父さんを知っていた関係もあって、それはね、そういう点では、あの、便宜をはかってくれた点もあったんですけど。」

「被爆前にお姉さんがいってらした学校は女子師範でしたね？　そのときおいくつだったか覚えておられますか？」

「はい、あの、ええと、一三歳か一四歳だったと思うんです。昭和二一年になってましたから一四ですかね。一四歳でしょうね。」

「それから二八年に亡くなられるまで、お姉さんは外に働きにいってらして……。」

「そうですね、あの、私が具合がまあ、ふつうにね、きょうは気嫌がいいなあ、と思うときは、姉さんは出かけていって、仕事してたですね。

で、そのとき、昭和二二年の五月ころからですね、あのう、町で、働くようになったんですよ。なにか、失対事業かなんか、そういったみたいなものの仕事を、やりはじめたんですね。

なぜ学校にいかないの、っていってもですね、もう、あんたの病院の費用だけでいっぱいだから、学校にはいかない、と。で、あの、とにかくね、あんたの病気治すことが先決だから、ということで、姉さんは仕事に出かけていくんですね。

ただ、私が気嫌が悪い場合、身体の状態が悪いとか、そういう日は姉さんは休むんですよ。そうすると一ヵ月に一五日か二〇日くらい働きにいかれればいいほうなんですね。

で、あれが、二三年の何月までですかね、一〇月ころまで続いたんですかね。そういうふうにしてやってたんですけど、姉さんもやっぱり身体が悪くなって、一時、寝こんだ時期があるんですね。

で、姉さんが寝こんだんで、僕を看護する人がいないし、姉さんを看護する人がいないんですね。だから、いっしょに、同じ部屋に、ベッドにふたり、並べさせられたんですね。だから、も、どっちも姉弟《きょうだい》でありながら、も、仲間割れしたような格好になってしまって、顔、見あわすことさえイヤで、あの、反対むきになって寝ていたような状態が続いたこともあったんですね。それが六ヵ月続いているんですね。二四年の二月ころまで、そんな状態だったと思うんですよ。

それから、あの、姉さんは一時よくなって、そしてまた、仕事しにいったんですね。で、そのときにはあのう、なにか一般の、あのう、ふつうの会社員のような、いまでいえばパートですね、パートのような仕事にいって、で、段々と収入をあげていったようですね。で、そうしながら、私のためにガスコンロですね、そういったものを買ってきてくれたり、それから、町のようすを話してくれたりしてたんですよ。

で、そうして、僕にね、早く退院して、もう一度学校にいかんとね、なんていってたんですけど、学校にいかれるはずがないんですね、ずっとあの、悪性貧血が続いていたためにですね。

僕はねぇ、そのころ、姉さんが帰ってくるのが、もう、楽しみのひとつだったんですよ。で、姉さんが帰ってくると、すぐ、おみやげのお菓子をですねえ、目の前にぶら下げて、ホラホラ、ホラホラ、じゃらしてですね、なんか猫にさせるようなことを、僕にさせるんですね。

すると僕は、手は両方とも動きますからね、その、お菓子をとろうとして、充分に手をあげることはできないんだけども、それでもあの、やっぱり、手を、一生懸命、こうこう、こうこう、伸ばしたりなんかしてですね。」

吉野さんは実際に両腕を目の前で大きく動かして、お菓子にとびつこうとするしぐさをして、実に愉快そうに、笑いました。その、姉さんとの楽しいひとときの思い出が、いちどによみがえってきたようでした。

「あの、こんなふうにして、姉さんのお菓子にですね、とびつこうとして、あのう、あのう……(笑)

そうすると姉さんがですねえ、冗談半分に、犬に、ワン公に投げるみたいに、お菓子を、袋からだして投げるんですよね。で、で、姉さんがポンと投げちゃ、僕がそれを口で受けとめようとして、口を、こうこうやってですね……。そんなことをずっとしながら、ふたりで生活してたんですけどもね。」

「お姉さんは外のようすについて、どんな話をしてくれたんでしょうか？　吉野さんにとってお姉さんにきく話はずいぶん楽しみだったんでしょうね？」

「そうですね、楽しみにしてたですね。僕にはもう、外のことはぜんぜん判らないですからね。あの、要するに、あの、昭和二〇年八月九日からのことはですね。

姉さんの話で僕に印象的だったのは、あの、焼跡に、トタン屋根のバラックが、一軒一軒たちはじめたこととかね、占領軍が来て、私が住んでたところも、ブルドーザーで片付けてしまったこととかですね、自分の勤めてる会社の人のなかには、ケロイドをみせないように、暑い夏の盛りでも、長いシャツ着てる人がいるとかね、よくね、そういう話をしてくれたりしてたですよ。

それから日本軍は、もう、敗戦と同時にどこかへ消えてしまって、なんにもね、長崎市のためにはやってくれなかったと。で、そのころは姉さんはアメリカ軍には感謝の念でいっぱいだったんですね。」

「おふたりで、ご両親とか、ご兄姉のことを話されることはなかったでしょうか?」

「いえ、それは、一回だけなんですね。僕の記憶では。

いちど、あの、姉さんが、みんながいればねぇ、あの、兄さんや、姉さんや、それから両親がいればねぇ、というようなことをもらしたことがあったんですけどね。僕が止めろ、とかなんとかいったんじゃないかと思うんですよ。ほんとうに、僕は、肉親の話をすることとじたいがね、もうイヤだったし、だいいち帰ってこないものを、帰ってくるようなことで話をしたところでどうにもなりませんからね。だからもう、そんな話することやめとけ、ってですね、いったことがあるんですよ。

いま考えてみればですね、姉さんにたいしては残酷ないい方だったかもしれませんけども、だけどあのころはね、私自身も、ほんとうに、肉親の話をされることがですね、イヤで、人から話をされることじたいがイヤだったし、思い出すことじたいもイヤだったんですよ。

で、ですから、私は昭和二五年の春ごろから、あの、カーテンを、ベッドのところにカーテンをして、もう、外がみえないようにしたんですよ。

というのはですね、あのう、小学生の、僕たちくらいの小学生がですね、あのう、歩いて、あの散歩してるでしょう？　昭和二三年、二四年、ちょうど僕が中学に入るころですかね。それが、外が、みえるのがイヤでですね、姉さんに、怒って、カーテンをしろ、といって、あの、カーテンをつけさせたことがあったんですね。

そしてあの、最初にカーテンをとりつけたときはですね、なんかあの、ボロキレを針で縫って、つないだものをさげてたんですけど、看護婦さんがそれをみて、それじゃみっともないから、ということで、病院のですね、真っ白いカーテンを、あの、もってきてくれて、はじめてあの、病室にですね、カーテンをとりつけたんですよね。そして昼のさなかでも、カーテンをしめきって、外の情景が、もう、判んないようにしたんですけどね。

それでもときどき、外があの、どんなふうになってるだろうかと思って、なつかしくて、姉さんがいないときに、カーテンをちょっと開けてじーっとみてたら、姉さんにみつかって、おこられちゃって、あんたもそうなんでしょう、やっぱり気になるんでしょう(笑い声)っていわれて、笑われたこともあるんですよねぇ。」

「吉野さんがずっと寝てらした時期というのは、同じ年の人たちが小学校を卒業して、中学、高校へ進んでいった時期ですね？

身体はいっこうによくならないし、焦る、という気持はおこらなかったんでしょうか。」

「もう、なんともなかったですね。もう、自分はね、もう、どうしようもない、というような、あきらめがあったんだろうと思うんですよ、そのときには。もう、とにかくベッドの上にね、起きあがることができないんですからね。だから、あんまり口惜しいという気持はなかったですね。もう、自分はいけないからと、半分はサジ投げかけていたんじゃないかと思うんですね。ただね、僕、あの、なんといったらいいですかね、窓から、学校にいってる友だちをみていると、もう、知らず知らずのうちに涙がでてきていたんですよねぇ。」

吉野さんはここでまたちょっと涙声になりました。

「ただあの、昭和二六年でしたですかね、あのう、新制中学の生徒さんたちが、あのう、僕のところに見舞品をもってきたんです。たしか果物だったと思うんですけどね。しかしあのう、僕は、それを受けとる気にならなかったんですよね。そしてそれを放りだしたことがあるんですよ。ベッドの下にですね。そしたらその人たちはびっくりしちゃってね、立ちすくんだまま、僕にはなんにもいわずに、帰られたことがあるんですけどね。ちょっと、いまでは、その気持は僕にも判んないですけど。なにかこう、歯がゆいような感じですね。なんていったらいいですかね、ま、自分が、学校にいけないという、ひとつは劣等感からかもしれませんけど。

自分はほんとうは、学校にはいきたいんですよね。いきたかったんですけども、これじゃいけないしですね。

ベッドの上には立てないし、足なんかもですね、あのう、ふつうの被爆者のように、歩けるんじゃないんですよね。もう、足が平べったくなっちゃってるんですね。いまこそ、すこし、目にみえないくらいですけど、冬になって、痛くなると、すこしチンバひくていどですけど、もうそのときはですね、あの両足ともね、垂直にまがって、足が、もう、うえに、自分の身体にぴたっと着くような状態になって、もう……そんな状態だったですからね。

ただそのときね、その、お見舞にきてくださった中学生がね、あの、折鶴をもってきてくれたんですね。で、折鶴は、なんとなしに僕は、あの、一匹だけ、こう、ひきぬいてですね、自分のベッドのところに、あのう、一匹だけ、とっておいたんですけど。

そのころは、あのう、早く治りたいという気持は、まだなかったですねぇ。もう、先生からいわれてましたからね。もう、アンタはね、一生これじゃもう駄目だ、と。

一生でしょう？　そのころは僕も一四か一五のとしごろですからねぇ。だから先生から一生といわれても、いったいどういうことを指すのか、判りませんでしたからね。」

「いま思えば、お姉さんにはずいぶんわがままをいったり、困らせるようなことを……。」

「ええ、ずいぶんいいましたですねぇ、ずいぶんいったと思います。

とくに昭和二〇年から、二四、五年ころにかけてのあいだはですねぇ、姉さんに無理難題を押しつけたと思います。

僕、どちらかというと甘いもの好きですからね、砂糖がないのに、砂糖買ってこい、なんていったりして、ずいぶん姉さんを困らせたと思うんですねぇ。砂糖買ってこい、っていったことはちゃんと覚えてるんですよね、ハッキリね。

それからあのう、あそこはあのう、ミカンの産地もあるんですよね。ですからミカン買ってこい、なんていうようなことというと、姉さんはただ黙って、涙ぐんでですね、(吉野さんはここでちょっと涙声になりました)なんにもいわなかったんですよね。

そしてあのう、看護婦さんからいわれたんですけどね、アンタ、あんまり姉さんに無理難題押しつけちゃ駄目よ、姉さん外で泣いてたよ、っていわれたことがあったんですね。(吉野さんはまた涙声になりました)それを思うとですね、どうしたらいいか、判んないですけどねぇ。

姉さんは学校の先生になれるはずだったと思うんですけど、僕を置きざりにしてはいけなかったんだろうと思うんですよねぇ。

もし姉さんが先生になっていたら、少なくとも、先生の保険のほうで病院にもですね、かかれたと思うし、姉さんはあの、死ななくてもよかったと思うんですよね。

ですけど僕はそういうことをねえ、いいだせなかったし……僕から姉さんにね、いってくれって、いうことをいえばよかったのに、僕はもう姉さんにね、しがみついて、生きてたんですよねぇ。

姉さんがいないと、もう、不安でならなかったんですよ。だいたい姉さんが会社にいくということじたいにね、僕は反対だったんですよ。

医療費なんかどうにかなるから、ほっとけ、なんて、ずいぶん姉さんに無理いいましたからね。

姉さんはたぶん、師範学校には、どうしてもいきたかったし、卒業したかっただろうと思うんですけどね、僕がずいぶん、無理難題を、押しつけたと、いまでも思うんですよ。」

「それではお姉さんが亡くなられた前後のことを、お話しいただけますか。」

「そうですね、それはあの、昭和二八年のことですね。

あのう、そうですね、二八年の一月だったと思うんですね、姉さんの顔色がすぐれないんです。僕からみていてもですね。

姉さん、具合が悪いんじゃないの、っていったんですけどね、姉さんはただ黙ってましてね、なんともいわないんですねぇ。

姉さん、診てもらったほうがいいよ、って勧めたんですけどね、ですけど、そのときはぜんぜん応じなかったですね。

それから三月だったですか、ひな祭りの、三月三日のときに、姉さんがあの、町からあの、菱餅ですね、あれを買ってきて、それとおひなさんを、ふたつばかりもってきて、それを飾ってたんですけどね、めまいがしたようすで、ふらふらっ、としてるんですよね。だからそのときも、姉さん、そんなことじゃ駄目だ、すぐね、先生にいって、かかったほうがいいんじゃないか、っていう話をしたんですよね。

それでも、そのときも、あまり応じようとしなかったんですね。

私が病気したら、誰があんたをみるの、あんたは吉野の家を継がなきゃならないのよ、っていうようなことをいってね。なんとしてもね、あんたは早く、治さなきゃならないから、っていうようなことしかいわないんですね。

で、そして五月がすぎたころだったと思うんですけど、そしたら急に、姉さんの顔色が悪くなってですね、なんか茶かっ色のような、どす黒い顔色になってきたんですね。

だから、姉さん駄目だ、寝なきゃ、っていったら、それじゃ、と姉さんがいってですね、それから診察にこられた先生に、あのう、私も診てくださいって頼んで、診てもらったら、先生の顔色が変ったですね。

それから心電図やなんかそばでとって、姉さんは別の部屋に連れていかれたんですよ。

結局入院させられたんですね。

医者から、君の姉さんはどうも病気が重い、と。だからすこしは我慢するんだよ、っていわれましたからね。

それで驚いたんですけどね。

それでも、僕はなにをしようとしても、なにすることもできないでしょう？　だから、ま、とにかく姉さんが無事でね、いることを、あのう、毎日毎日いのって、手を組んで泣いてたんですよねぇ。

そしたらあのう、姉さんの状態が、どうもおかしいよって、看護婦さんがいってきたんですね。僕はねぇ、どうしても姉さんの顔みたいからって頼んで、担架に乗せてもらってですね、姉さんの部屋に連れていってもらったんですよ。

いったら、姉さんは僕の名前を呼んでるんですよね。一生懸命ですね。で、姉さん、僕、そばにいるよ、っていったんですけどね、僕も担架の上から起きえませんからねぇ。

だから、ただ横向くだけがせいいっぱいで、姉さんの手をとるにもですね、ちょっと担架の台のほうがベッドよりも高いんですよ。それで、手が届かなくて、も、あとちょっとのところで届くところが届かなくて、どうもですね、あのう、なんていったらいいですかね、どうすることもできなかったんですけどねぇ。

ただ、そういうふうにやってるうちにですね、一回だけ、姉さんの手を握ったんですよ。そしたら、姉さんの手が、ほんとうは暖かいはずの手が、冷たいんですよ。もう驚いちゃったですね。で、で、姉さんの手はなぜこんなに冷たいんだ、って、あの看護婦さんにいったら、もう、手をつながないほうがいいって、看護婦さんにいわれてですね、そして僕の部屋に帰ってきたんですけどねぇ。

そのときから輸血がはじまったようですね、輸血が……。

そしてあの、二八年の七月のですね、二一日ですか、あの、とうとう、世を、去ったんですけどねぇ。

で、遺骨は、僕のひざもとに抱いたんですけど。僕は起きあがることもできませんからねぇ、姉さんを送ることもできなかったんですよ。」

「亡くなられたというのは、どなたがしらせてこられたんですか?」

「それはあの、先生がいってこられましたです。姉さんは亡くなりましたからって。

そして三時間くらいたってから、三時間くらいだったと思うんですけど、あのう、遺骨をですね、遺骨をもってこられたわけですからね。

だからそれこそ、簡単な葬儀だけだったろうと思うんですよね。僕の部屋で葬式やろうと思っても、僕自身が起きえませんからね。

ただ、あとから僕の部屋に、看護婦さんが何人かきて、拝んでくれましたけどね。そのほかには、なにもなかったように思いますよねぇ。」

「その簡単な葬儀にさえ、参列できる肉親はどなたもいなかったわけですね?」

「そうですねぇ。あの、うちの親戚関係はぜんぜん判んないんですよね。あることはあるらしいんですけど。宮崎とかなんかにですね。

ですけど名簿なんかも焼いてますしね。だからちょっと、そういう人たちを呼ぶこともできなかったし、誰も参加することができなかったですね。」

「そのときの吉野さんのお気持はどんなだったんでしょうね?」

「そのときの気持はですねぇ、なにかですね、もう、なんともいえないです。胸がですね、しめつけられるようだったです。

というのは姉さんにはわがまま放題に僕がいってきたんだし、姉さんは僕によくつとめてくれましたからですね。

もう、僕にとってはね、もう姉さんに、なぜああいう無理なことをいったんだろうかということが、もう、いまはね、胸がせまる思いでおりますねぇ。」

「お姉さんはそのときおいくつですか?……二二歳くらい?」

「そうですね。二二です。」

――遠くから、高速道路を車が通りすぎる、低い響きが伝わっていました。ほかには物音がしない、静かな午後でした。初冬の弱い陽ざしが、窓ガラスに梢のうすいかげをうつしていました。

三畳間に向かいあって座っている、吉野さんと私のあいだに、ちょっとのあいだ、沈黙が流れました。

私はききました。

「吉野さん、お姉さんの生涯を考えてみられて、いまどんなお気持をもたれるでしょうか？

お姉さんはわずか一三歳くらいのときに被爆して、ご両親、兄姉を亡くされ、寝たきりの弟さんひとりを残されたわけですね？

勉強したい自分の望みは捨てて、一生懸命働いて、看病に明け暮れて、とうとう力尽きて、弟さんのゆく末を案じながら、二二歳の若さで亡くなってしまわれたわけですね？

そのお葬式にきてもらえる肉親もいなかったわけですね？

吉野さんは、このお姉さんのご生涯を、どう思われるでしょうか？」

吉野さんの顔は赤くなり、こめかみの血管はふくれました。広い額の下にひっこんでいた吉野さんの奥目は怒りに燃え、とびだしそうになりました。その怒りは、姉を殺し、自分をこのような境遇に置いた、原子爆弾にたいする怒りというより、触れるのがいちばんつらい心の傷口に指先を突っこむような、私の無遠慮な質問にたいする怒りのように、私には感じられました。

吉野さんの吃音はひときわひどくなりました。

「もう、それをいわれることじたい、もう、ちょっと、僕にとっては残酷すぎますよね、ハッキリいうとですね。

だってそうでしょう？　姉さんが親がわりになって僕のためにやってくれたんだからですね。だからそういう意味でもね、ほんとうに、気持のうえからもね、あんまりふれられたくないというのが僕の気持ですよね。

いまでもですね、そういう、姉さんが、わずかの若い生涯を、しかも青春時代には、おそらく友だちとも遊びたかっただろうし、そういうなかでもさいしょから、刺繍から、編物を始めてですね、そして労務に出て、それからやっと、会社勤めになったいきさつもありますからね。

だから、そういうことを考えてみただけでも、いかに姉さんが、僕のためにいろいろと力をつくしたかということが、わかると思うんですよね。それもせいいっぱいだったと思うんですよね、姉さんにしてみればですね。

僕はわがまま放題のことばっかりいってきたんだけども、ほんとうに姉さんにしてみればせいいっぱいだったんだと思うんですよ。

それを、自分の病気のことまで隠してきていますからね。自分の病気が、もうあることは判っていながら、なにもね、病気のことについては触れなかったし。他人《ひと》からそういうことをきかれることじたい、もう、どうしようもないですよね。どう答えたらいいかも判んないですよねぇ。

ほんとにですねぇ。いまでもときどき思うこともあるんですよね、姉さんさえ生きていてもらえたら、って思うこともあるんですよね。いまはもう死んで、居ませんしね。あのときだって、そういうことだったと思うんですよね。ほんとうに、僕のために、最大の力をつくしきって、死んでいったわけですからねぇ。」

語るほどに、次々と胸にこみあげてくるものがあるのでしょう。吉野さんの顔は赤くなり、特徴のある奥目にはいっぱいの涙がたまりました。泣くまいとする気持をおさえきれず、時々、ふるえ声になりながら、つかえながら、吉野さんはそう語りました。

私は自分の残酷すぎた質問を後悔しました。しかし感情のきわまった吉野さんのこの言葉が、どれだけの数字的なデータよりも、原子爆弾の本質を人々に伝えるうえで役立つにちがいない、そう思って、心のなかで吉野さんに許しを乞いました。

ところで姉の死によって天涯孤独の境遇となった吉野さんの身のうえに、その翌年、東大病院への転院という大きな運命の転換が訪れます。

長崎医大のある教授の紹介によって、東大病院から先生が長崎を訪れ、自分をみていった。そののち自分にも充分には事情が判らないまま、長崎医大（正確にはすでに長崎大学医学部になっていたと思いますが）附属病院から、東大病院へ転院させられることになった、吉野さんはそう説明しました。

「で、その先生がみにこられて、じゃあやっぱり東大で治そうということになったんですね。で、それにはどうしたらいいかということだったんですよ。

で、まだ、日本の航空機もやっとそのころ、国内線ができたていどで、まだまだあの、いまのようにああいうジェットとかなんとかいう飛行機が飛んでたわけじゃないですからね。ですからあの、そのときにですね、あの、あれは昭和二九年のなん月だったですかね、ちょっと覚えてませんけどね、だいたい暖かだったと思うんですよ、もう、気候のいい時期だったと思うんですけど、そのときに、あの、長崎から、車で大村飛行場まで連れていかれたんですね。で、大村市の飛行場から、あの、板付を経由して、東京まで運ばれて、で、ほんとうは羽田飛行場におりるはずだったんだけど、曇りだったのか、なにかでおりられなくて、で、立川飛行場までひき返してですね、それで立川飛行場でおりて、あれはなにか、アメリカのジープが先導したんですね。あれはどういうわけだったのかちょっと判りませんけどね。アメリカのジープが先導して、そのうしろに救急車がくっついて、それで東大病院に連れていかれたんですね。で、そして、東大病院のほうの第一号館に入院したんですけどね。」

「吉野さんが東大病院に移られた前後に、例のビキニの水爆実験があって、日本人の漁船員が被害を受けるということがあったと思うんですが、このことについては、ご記憶に残っていることがあるでしょうか？」

「えゝ、そのことについては、もう、ハッキリ覚えてますですね。

それはですね、あのう、僕が入院させられていた部屋のなかに、そのとき、その横に、隣りにいた人がかなり進歩的な人だったらしくて、僕のところに新聞を持ってこられたんですね。ビキニの水爆実験のことを報道した、日本の新聞とか、『ニューヨークタイムス』を翻訳したものとかですね。

それから看護婦さんのなかで、いろんな新聞の切りぬきを、たぶん『アカハタ』だったんじゃないかと思うんですけど、僕のところに持ってきて、説明をしてくれたりしたんですよ。

それとあの、第五福竜丸の久保山愛吉さんですね、久保山さんはあの、実をいうとあの方はあの、国立第一病院に入る前に、東大病院のほうにこられたことがあるんですね。で、そのときにあの、その進歩的な人が、僕のところに連れてこられたんですけどね。で、そのときに久保山さんの話をきいたりなんかして、そんなことでね、ほんとうに戦争があってはならないということを、嚙みしめるようになったんですけどね。

しかしそのころはそれを、どういうふうに人に訴えたらよいかという手段は知らなかったですね。ただ、自分の心のなかで怒っていただけだったし、原爆の体験もぜんぜんいわないしですね。看護婦さんに、原爆の体験を話してごらんなさい、っていわれたことがあるんだけども、もう、そんな話はきかないでくれ、いやだから、というようなことで、逃げまわっていたんですよね。」

「ところでどのところでうかがったらよいのか、よく判らなかったんですけど、吉野さんは、学校には小学四年まででしか。」

「ええ、そうです。」

「いく機会がなかったわけですね？」

「はい。」

「その四年間も戦時中のことで、落ちついて勉強できるというような……。」

「ええ、ことじゃなかったですね。」

「いま、いろいろお話をうかがっていても、吉野さんはずいぶんいろんなものを読んだりね、勉強したりしていらっしゃるように思うんですけどね。

この長い入院生活のなかで、どんなふうにして勉強してこられたんでしょうか。

それと、いくら勉強しても、やがて身体がよくなって、その勉強が役立つ、という、そういう確実な希望が持てない時期にもね、努力して、勉強してきた、そのお気持を話してくださいませんか？」

「そうきかれると困っちゃうなあ。」

吉野さんは笑いながら答えました。

「どう説明したらいいですかねぇ。僕にもよく判らないですねぇ。

やっぱり自分が小学校の四年生までしかいっていないということですからね、だからあのう、すこしでもなにか勉強したいという気持が、心にはあったと思うんですね。だから、長崎のときから、もう、あの、すこしずつ、あの、いわゆるその算数とかね、それから国語とかいう本を、読んではいたんですね。あのう、長崎のときにはあのう、長崎医大の先生が、それからあの、東大に入ってからは、やっぱりですね、東大の先生たちがいっしょになって、ま、先生といっても主にインターンの人たちがね、教えにきてくれていたんですね。算数とか国語とかですね、それも一時間か三〇分ていどで、教えてくれていたんですけどね。

たしかにそのベッドに寝ているということはね、本読んだりするのはね、たいへんなんですよね。だいいち手に本をもってですね、三〇分ももって読むことはできませんからね。だからあとの三〇分は先生と看護婦さんが、読んできかせるとか、そういうことでやってきましたからですね。

だから漢字も……それからあのう、文章もまずいしですね。

そういうふうに、最大限努力したということでもないですからねぇ。ただ、自分のできる範囲内でやってたということで……、ま、先生たちがやってくれたということ、先生のほうから与えてくれたということでしょうね。自分から意識的に進んで入ったということではないですね。」

吉野さんがいまその鑑賞を最大の楽しみにしている音楽にめぐりあったのも、東大病院ででした。看護婦さんが枕元でヴァイオリンを弾いてきかせてくれた、シューベルトのセレナーデ。それが、吉野さんが生まれてはじめてきいたクラシック音楽でした。

「あとで失恋の曲だったということを知ったんだけど」と苦笑しながら、その曲を忘れられず、看護婦さんにくり返しくり返し弾いてもらったこと。それがやみつきになって、ベートーベンの「第五」「第九」のレコードを枕辺で聞かせてもらったこと。その看護婦さんはいまでも文京区の春日町あたりにいると思うこと——などを吉野さんは語りました。

こうして、吉野さんの話は、一九六〇(昭和三五)年東大病院を退院して、被爆して一五年目に、はじめて病院の外の世界へ足を踏み出したいきさつをむかえます。それは波乱に富んだ吉野さんの半生のなかでも、とくに印象深い部分のひとつです。

吉野さんは語りだしました。

「そうですね、あのう、そのいきさつですけど、まずその前から、話をしたほうがいいと思うんですけどね。

あの、三三年ですね。昭和三三年のあれは六月ですか。六月にはいってからですね。あのう、東大病院に住んでいる用務員の人たちの子供たちね。小学生とか、小さな子供たちですね、そういう人たちが表に出て遊んでるのがみえるわけですね。それをみてるとね、とてもあのう、自分が寝てることがですね……。

もう、いままではあきらめムードだったんですけども、なんとかしてね、なんとかして早く起きてね、あんなにみんなしゃんしゃんして歩いてるのに、僕だけが、歩けないはずがない、ということで、あの一生懸命努力して、そうですねぇ、あの、ベッドからですね、あの、自分からころげ落ちたりなんかして、それであの、病室内を這いまわりはじめたんですよ。

それを看護婦さんがみて、先生、吉野さんが這いまわってるよ、ということで、なにか、いいにいったらしいんですね。で、先生がとんでこられたんですね。で、そしたら先生は黙って、それをみてあるんですね。

這うこと、ひとつひとつ這うことですね、あの、も、一〇センチずつ這うことが、もう困難の、まあなんといったらいいですかね、極にあったんですけどね。で、とにかくもう、それを一〇センチでも這うことをね、も、赤ん坊でもやれるんだからということで、自分もあの、やり始めたんですね。

それをみて先生が、お前はあきらめろ、と、そんなして這いまわったところでね、お前の顔に傷がつくだけだ、と、頭に傷がつくだけじゃないかと、だから、あきらめろ、といってですね、あの、看護婦さんからあの、すくわれまして、そしてベッドに寝かされて、縛りつけられたんですよ。もう、足が動けないようにですね。

そしたらこんどはこっちはですね、なにも食わないという主義を(吉野さんは愉快そうに笑い声をあげました。それは例の、特徴のある笑い声でした）とったんですね。もう、断食をやる、というようなこと、やりましてね。それを数回、くり返すうちにですね、それじゃお前は勝手にしろ、ということになって、で、あのう、勝手にして、そしてあの、またベッドから落ちるようにして、一〇センチでも二〇センチでも這うようになったんですよ。

そしてあの、ちょうど三〇センチくらい這えるようになったらね、そしたら身体が痛くて、あっちこっち痛くて、動けなくなったんですね。それをみて看護婦さんが、ホラみてごらんなさい、やっぱりそうだったでしょう、というようなことになって、またベッドに抱きあげられて、縛りつけられて、二ヵ月くらい、そんな状態が続いたんですね。

それでもなんとかして這いたいということで、ベッドから、こんどは、こんどはもう、うまくですね、こんどはふとんをかかえこんで下に落ちるようなことをおぼえるようになったんですね。

そしてあのう、三〇センチでも四〇センチでも這うようになったんですけどね、それをみて、先生が、あのう、やっぱり君はそれほどまで歩きたいのか、と、どうしてそういうふうな気持になるのか、といわれたんですね。

だからあのう、僕はあのうこうなんだと、あんな小さい子供がすぐ病院の下のところで遊んでるじゃないかと、そんなことでね、僕がいつまでもね、病院に居《お》るわけがない、といって、先生にくってかかったんですね。

そしたら、いいじゃないか、と、病院に一生いたっていいじゃないか、ということだったんですね。

で、先生があのう、いろんな内臓（の標本？）とかなんかもってきてですね、君にはこういう病気がある、とか、肝臓にはこういう障害があるとか、もってこられたんだけど、そんなのにね、もう無とん着なんですね。

先生がお前をね、なんとかして、まあ、歩けなくてもね、車椅子にのって、検査ができるていどにはしてやりたいから、ということでいわれたんですけど、いや、僕はもう、病院なんかにもういたくないんだ、といって、あのう、そうですねぇ、一二月までがんばりとおして、そして、そういうことをしてるうちに、あのう、先生のほうが、もうお前には参った、と、じゃあとにかく訓練しようということになったんですよ。機能訓練ですね。

で、はたして機能訓練ができるかどうか、僕自身、自信がなかったんですけど、そしてあのう、整形外科のほうにまわされちゃって、そして整形外科と内科と外科の先生ですね、先生たちがいっしょになってですね、あのう、僕の身体を、あちこち、もう、全身ですね、マッサージをしてくれたりするなかで、自分がベッドのうえに起きれたんですね。それが昭和三四年の二月ですけどね。二月の二一日、ハッキリ覚えてますけど。

で、そいでですね、やっと起きあがることができて、で、すぐにね、あのう、先生からですね、起こされて、であのう、あれはなんですか、歩行車ですね、歩行車に、じゃ、あの、立ってみな、ということになったんですね。ですけどそのころじゃ、まだちょっと難しいんですね。ベッドにやっと、起きれるようになったていどですからね。

で、歩行車にすがったものの、歩行車から姿勢が崩れるようになって、落ちこんじゃうんですね。

ですから、君はやっぱり駄目じゃないのかなあ、というようなことだったんですけど、それでも僕が歩きたいから、ということでね、それじゃあ、あのう、みんなのいる部屋のほうがいいだろう、と、君がベッドから落ちてもね、そうすれば、その、みんながみてくれるだろうから、ということになって、それであのう、大部屋のほうに移されたんですね。

で、大部屋に移されてからはですね、あの、まわりの、ベッドの患者さんたちが、ほんとうに、こころよく、あつかってくれたんですね。みんな、年の多い人たちばかりで、よくね、僕の実情もつかんでる人たちだったもんですから、僕がベッドから落ちようとすると、もう、すぐ僕のそばにきて、僕をかかえて、ベッドからおろしてくれてですね。

で、そして、始まったんですけどね。それで、やっと、そして、あの、三四年のあれは九月だったと思うんですね、九月か一〇月だったと思うんですけど、あのう、どうにか歩行車にね、手をかすことができるようになったんですよ。

で、看護婦さんが三人付いて、ずうっと、あのう、そうですね、五メートルくらい歩いたんですよ。それでも汗びっしょりなんですね。で、汗びっしょりで、もう、歩くのが嬉しいんだけども、もう、五メートルばかり歩いたあとがね、も、どうにもなんなくて、またですね、あの、歩行車から、手をはずすようになって、看護婦さんの、看護婦さんの手にですね、すがりつくような状態だったんですけどね。

で、そうしていくなかで、五メートルから一〇メートル、歩行車を使ってですね、歩けるようになったし、それからあのう、車椅子に乗って、自分でハンドルをまわしながら、廊下をね、もう、あっちこっち動きまわるようになったし、それがいちばん嬉しいんですね。

ただ、ベッドから、あの、ベッドからですね、車椅子に乗るときがちょっと困難なんですね。ちょっと、車椅子のほうがベッドより高いわけですよ。整形外科のベッドも案外高いんだけども、それより車椅子のほうが高いんですね。だから、車椅子に乗り移るのにですね、まずそうですね、三〇センチくらいのすき間が空いてるんですよね。だからもしかしてそのすき間から落ちてしまうかもしれない状態だったんですけど、そこの大部屋の人たちの付添いさんが、座ぶとんを並べて、そしてあの、僕が落ちぬようにですね、してくれたりして、そして、それであの、車椅子を使って、病院内を回りはじめたんですね。

やっと、そのときに、あの、生きるという喜びを、感じとったですね。

それからですね、あの、うしろのほうから、最初は自分でまわして、ハンドルをまわしていたと思っていたら、うしろのほうから先生がちゃんと付添ってですね、車椅子を押してくれてるんですよ。あれぇ、先生、押してんじゃないか、っていって(笑い声)カンカンに、怒ったことがあったんですけどね。

で、そしてあの、三五年に入ってからは、あのう、もう、いちおうですね、あの、歩くようになったんですね。たった、ほんの二年たらずで、歩くようになったし、その努力というのはですね……。

いまからいうとですね、あれだけ、自分が生きてきたかったのに、いまはですね、人間らしい生活をしていないんですけどね。

そのときの気持は、とにかく、自分で歩いてみなければ判らん、ということが第一だったですね。あのう、社会復帰したいとか、そういうことじゃなくて、とにかく歩いてみることが先決だ、ということが頭にあったように思いますね。それで、歩けるようになったわけですからね。

とにかく自分が、外に出たいということですね。

ただ、とにかく外に出たい、という気持ですね。だから先生もしかたなく、僕を出したと思うんですよ。」

あの日から実に一五年ぶりに、吉野さんが病院の外の世界に第一歩を踏みだしたのは、一九六〇(昭和三五)年六月のことでした。

三池争議、安保闘争の年でした。秋には浅沼事件がおこりました。戦後一五年目、蓄積されてきた矛盾がある決算の時期をむかえ、日本の社会・政治が鳴動をくり返しているころ、吉野さんは医師、看護婦に見送られて、ひっそりと病院を去りました。

退院した吉野さんの行く先は神戸でした。

東大病院の先生のあっせんで、神戸製鋼所で雑役工として働くことになった。神戸には看護婦さんがついてきてくれた。神戸医大の内科部長にも紹介状を書いてもらった。

神戸に行くことになった事情を、吉野さんはそう説明しました。

吉野さんの口ぶりからすると、東大、神戸医大、神戸製鋼所病院を結ぶ医師のつながりによって、吉野さんは半分は社会復帰の訓練を受ける場所として、その職場のあっせんを受けたらしく、私には感じられました。

神戸製鋼所での身分は正規の本工でしたが、職種は雑役で、灘工場に所属し、工場の中をほうきで掃いたり、鉄くずを手押車に乗せて捨てにいったりするのが吉野さんの仕事でした。仕事は無理にしなくてもいい、掃きたいときに掃けばいい、というのが工場長の指示でした。

——二日目の吉野さんの話はここで終りました。

さいごに私はききました。

「吉野さん、そのときのご自分の初任給を覚えておられますか？」

「初任給はですね、いくらだったかしら……ええっと、二万いくらかじゃなかったですかね、二万八千円くらいじゃなかったかと思うんですよ、初任給は。というのは僕に病気がある、ということと、それからまたいつね、また、病気するかも判らん、ということで、多くは望まずに入社したもんですからね、ふつうだったら、三万か四万くらい、もらってたかもしれませんけども。」

この日は前の日よりもいっそう、一時間の制限時間をオーバーしてしまいました。中目黒から東横線で渋谷へ、渋谷からバスで芝の自分の下宿へ、もう夕暮近くなった師走の雑踏を、私は録音機をさげて帰りました。

それから二〇日後、年の暮がせまった二八日に、私はもう一度、録音機を持って吉野さんのアパートを訪ねました。

そのとき私は、東京にいる姉のひとりに頼んで、サンドイッチとおせち料理を作ってもらい、持っていきました。

吉野さんに、姉に作ってもらった食べ物を、私は食べてもらいたかったのです。長崎市立高女の四年生として被爆した、感激屋の私の姉は、私が吉野さんの境遇と私の気持を説明すると、たちまち張りきって、吉野さんがいちどには食べられそうもないたくさんの料理を作ってくれました。

中学生になった姉の次男坊、私の甥が、

「母さん、やる気になってるね。」

と冷やかしたほどでした。

ところで、二日目の録音のさいごで、吉野さんは神戸製鋼所の初任給が、二万八千円くらいだったといいました。

それは多すぎる、それはきっと吉野さんの記憶ちがいでしょう。その日私はそういって帰りました。

それというのも、吉野さんが東大病院を退院して神戸製鋼所に就職した一九六〇(昭和三五)年という年は、私が大学を卒業して長崎の民間放送局に入社した年でした。

私の初任給は一万二千円、試用期間中六ヵ月は一万一千円でした。地方の民間放送がテレビをはじめてからまだ二、三年という時期でした。この初任給は、当時の大学新卒者の相場としては、よいほうとはいえませんでしたが、極端に低いという額でもありませんでした。

初任給が、背広上下一着のねだんと同じくらいという、サラリーマンの安月給ぶりをすこし自嘲的に歌った、「一万三千八百円」という流行歌がはやっていたころです。

安保闘争の高まりのなかで岸内閣は退陣しましたが、「池田は嘘を申しません」という、高度成長経済政策への進軍ラッパが鳴り響くまでには、まだすこしの時間がありました。

一万二千円、実際は一万一千円の初任給のなかから、仕事の必要上どうしても買わなければならなかった小さなトランジスタラジオの支払いを、月々千円ずつさしひかれるのが私にはかなり負担に感じられた、そんな時期です。

おたがい、つましい生活をしていたころです。

神戸製鋼所という大企業であったとしても、吉野さんの健康状態と肉体的な条件、学校教育を受けることができた年数、などを考えると、二万八千円くらいという初任給は明らかに記憶ちがいだと私には思われました。

これはなんでもないことでしょう。十何年も前の給料の額を吉野さんが正確に覚えていなくても、どこにふしぎがありましょう。

二万八千円くらいというのはちょっとした思い違いでしょう。

ただ、三日目に録音に訪れたとき、吉野さんが、

「あの額はやはり、間違ってはいなかった、自分は全国金属という労組に手紙を書いて、昭和三五年ころの工場労働者の初任給を問いあわせて、だいたい、自分がいった金額と同じくらいだという答えを得た。」

と、こう主張したことは私を驚かせました。

鉄鋼労連ではなく全国金属だったわけもよく判りませんが、それはともかく、巨大な官僚組織でもある大きな労働組合が、こういう問いあわせに、すばやく返事をくれるもので

しょうか。

そしてその内容は、吉野さんの主張を裏付けるものだったのでしょうか。

私はふしぎに思いました。

これもまた、たいして意味のないエピソードかもしれません。

しかしそれでも、私がここに書きとめておくことにするのは、そうですね、私にはこのエピソードにも、意味があるような気がするからです。

それでは三日目の問答をきいていただきましょう。

## 三日目——クモの穴

「神戸では寮に入って、製鋼所に勤めていたわけですね？」

「はい。」

「どんな仕事だったのか、はじめて働いたときはどんなお気持だったか、工場生活のようすをきかせていただけますか？」

「そうですねぇ、あの、仕事をするときはですね、あの、さいしょ出勤するときには、もう、嬉しくてですね、もう、心が浮き浮きしましてねぇ。これで就職できたんだ、と思ってですね。

でも就職してみたら、あのう、現場といってもあの、雑役のほうをね、させられたんですねぇ。

で、実をいうと、ほんとうはがっかりしたんですけどね。もうちょっと、線材鋼とか、電気炉とか、そういうところにでも、あの、僕はいきたかったですね。そして将来は、その、自分の身につくような、旋盤工でもやろうかなぁ、なんて思っていたんですけども、いや、君は病人なんだし、さいしょからそういうことは望んできていないはずなんだから、雑役でもしてみろ、と。東大病院のほうから、これは被爆者で、使いものにならんだろうけれども、なんとか使ってね、そしてあの、社会復帰させてくれ、ということで頼みがあったそうですからね。

で、そこはですね、いろんなものがあったんですよ。電気炉もあったし、それから線材鋼ちって、線ですね、ながあい線とか、それから鉄道のレールとか、そういうのを作ってたんですね。

で、僕の仕事というのはですね、あのう、雑役といって、まあスクラップですね、鉄のくずとかなんとかを車で、あの車はなんていったですかね、その車で、あの、入れて、そこまでもってくんですね。で、それには四人くらいのおじいちゃんたちがついて、いっしょにやっていたんですよ。それから、ひまがあるときは、あの、便所の掃除から、工場内の掃除とか、そういうことをやってたんですけどねぇ。」

「肉体的にはかなりきつい仕事……。」

「そうですねぇ、きつい仕事ですねぇ。工場内に入ってって、そのくずをかき集める、そのスクラップがもう、固まっちゃってるんですよ。それをね、あの、スコップで掘りおこして、車に入れるわけですね。だから、ちょっとやすっとじゃ動かないんですね、僕ひとりじゃ。

だからま、イヤなこともですね。なんだお前は、男のくせに力をだしきらんのか、といわれてですね、ずいぶんイヤなこともあったですよ。ほかの、六〇すぎくらいのおじいちゃんでも、けっこうスコップを、こう、やりますからですね。僕なんか、それ、やれませんからね。」

それでも、神戸での工場生活の前半は、吉野さんにとっては未来への希望をもつことができた、充実した日々だったようです。

工場で鋼材の点検をする係員の娘さんを見染め、同僚に気持を伝えてもらったけれど、生活力をあやぶまれ話が進まなかったこと。好きなクラシック音楽のレコードを三〇〇枚揃える計画をたて、貯金をして、ぼつぼつ買い集めはじめたこと。知人をつうじて、ショスタコヴィッチの当時市販されていなかったオラトリオのレコードを手に入れ、大いに自慢にしていたこと。通っていた診療所の人たちから誘われ、安保条約に反対する集会や、原水禁大会のデモ行進にはじめて参加したこと。しかし内心ではチンプンカンプンだったこと。そんな思い出を、吉野さんは楽しそうに語りました。

しかし希望は長く続きませんでした。

疲れ、発汗がおこりはじめ、翌年九月と一一月職場で倒れました。職場の健康保険を継続してもらって神戸医大病院に入院したのがその年暮のことです。のち東大病院に移されて約一年を送りました。雑誌『音楽の友』を購読し、病院をこっそりぬけだして音楽の演奏会をききにいく、比較的自由な入院生活でした。はじめて被爆の体験を語り、看護婦さんたちに深い感銘を与えたのも、原水爆禁止運動に積極的な関心を持ちはじめたのも、この入院生活でだったと、吉野さんは語りました。

吉野さんが二度目の退院をしたのは一九六二(昭和三七)年暮のことです。

「そのときはいくらかお金を持っていらしたんですか?」

「ええ、そうですねぇ、二万か三万か持ってたですね、たしかね。三万か二万か。」

「それからどうされました?」

「それからね、台東区を、あの、あれは浅草ですね、あそこをずうっとあの、歩いたんですよ。

で、、、、ときわ食堂とか、初音《はつね》寿司とか、そういうところをまわってね、とにかく自分で、自分の身体にあったような仕事をしようと思ってですね。とにかく就職しないと金がないもんだから、だから、その、初音寿司本舗という寿司屋さんに、住みこみで就職したんですね。

で、そこではですね、米をしこんで、釜にかけて、で、できあがれば下ろして、それであの、大きな、樽みたいなものがあるんですね、そのなかに入れちゃって、そのなかにミリンと、砂糖少々と入れてですね、シャリというんですけどね、そのタネつけをやるわけですよ。

そのときはもうぜんぜん、隠していましたからね。僕が被爆者だ、ということは。ただあの、病気しがちだっていうことはいってましたけど。あの、おやじさんも、それからその、板前さんですか？　板前さんも親切だったんですよ。だけども結局、ガスのね、ガスの臭いところで仕事するもんだから、鼻血出したんですね。鼻血を。それからお店の人がびっくりしちゃったんですね、アンタ、なんの病気があるの、っていわれてですね。

それであの、あそこのあの、浅草寺病院というところにいったら、も、早く入院したほうがいい、ということをいわれちゃってですね。で、四ヵ月ですか、四ヵ月くらい入院したんですね。そして退院したんですよ。

そのときね、あの、アンタね、アンタのいまの状態では仕事はできないよ、といわれたんですけどね、もういちど、お寿司屋さんにいってみたんですよ。ところがもう、自分がいったときには人がきてましてね、だから止めざるを得なくなって、それからあの、簡易旅館に入ったんですよ。

で、それがたった五千円だったと思うんですよ。残り金がですね。」

そのとき、簡易宿泊所で知りあった人から教えられて受診したのが民医連の診療所でした。診療所の世話で東京厚生生活相談所、一時保護所などを転々としたあげく、目黒区の社会福祉法人愛隣会に入居、生活保護を受けるようになりました。そうして東京都内のあちこちの病院に通院したのが吉野さんのそれからの三年間でした。

一九六六(昭和四一)年から四年間、民医連の代々木病院に入院、六九(昭和四四)年一一月、被爆者医療法にもとづく厚生大臣の医療認定を受け、いわゆる「認定被爆者」となりました。

——吉野さんはそれから、吉野さんが原水爆禁止運動や、社会・政治運動への関心を深め、積極的に行動するようになった、経過を語りました。

吉野さんは分裂した三つの原水禁団体に、運動のすすめ方と、被爆者援護法制定についての自分の意見を記した手紙を送ったり、原子力潜水艦の横須賀寄港に反対する行動に参加したりしました。

また東京の被爆者組織である「東友会」とのつながりも深めました。

その過程で日本原水協にたいする親しみと支持の気持を強め、運動が分裂していったことには深い悲しみを感じました。

吉野さんが日本共産党の熱心な支持者になっているらしいことも、私にはわかりました。

一年前に代々木病院を退院して、このアパートの三畳間に移り、生活保護を受けながら、自炊し、通院し、闘病し、活動し、好きな音楽を経済的に許される限りで鑑賞するのが、吉野さんの現状でした。

私はその吉野さんの現在を、すこしたちいってききました。

現在身長は一メートル五一センチ、体重は四〇キログラムであること。

病名は原子爆弾後障害による無気力症候群、自律神経失調症、再生不良性貧血によるアレルギー疾患、出血性素因、副腎皮質機能障害、慢性肝機能障害など、数えると二四にもなり、八〇種類の薬を飲んでいること。

生活保護費は冬のあいだの加算を入れて二万四、四二五円で、これから六、〇〇〇円の部屋代を払うこと。お金がないためにいちばん残念なのは、好きな音楽をききにいったり、歌舞伎をみにいったりできないこと。一時入っていた労音も止めてしまったこと。最近ではイ・ムジチ室内合奏団と第九交響楽団をききにいったくらいで、そのために必死の思いで一、〇〇〇円ずつ貯金したこと。

そのために、来客があったときいがい、電気炬燵はできるだけつけないようにして、電気代を節約していること。医師から必ず摂るように指示されている、にわとりの肝とか、肉とか、牛乳を、充分に食べられないでいること。

認定を受けている吉野さんの場合、通院のための都営交通機関の無料乗車券と、特別手当、医療手当が支給される、しかしその手当にはできるだけ手をつけずに貯金し、生活を再建する日にそなえていること。

吉野さんはそれらのことを語りました。

吉野さんのアパートを訪れた、この三日目がどんな天気の日だったのか、私にはいまはっきりした記憶がありません。二日目のように、晴れた、暖かい日ではなく、たぶん冷たい、寒い、どんよりと曇った年の瀬だったような気がします。

私たちの問答も、とうとう終りにたどりつきました。小さな電気炬燵をあいだに、向かいあって背中を丸めている、吉野さんと私と、ふたりのあいだには、三日がかりの作業をとうとうやり終えたという、ほっとした空気が流れました。

私はさいごにききました。

「月並みな質問ですけど、吉野さんの現在の生き甲斐はなんでしょうか？　これから生きていくうえで、どんな希望を持っていますか？」

吉野さんは答えました。

「ま、将来にたいする希望といったら、社会を変革する以外にないですねぇ。これのひとことにつきる、と思っていますよ。それ以外に、ちょっと考えられないですねぇ。

いまのままの状態だったら、私たちはもう、全部亡びちゃうんじゃないかと思うんですよ。だんだんと被爆者は高齢化していますからね。

僕も三七歳になりますからね、一月で。

生き甲斐といったら、それこそ社会を、政治をですね、変革するということになるんじゃないですかねぇ。そのひとことだけで、いいきれるんじゃないかと思うんですよ。まあ大きな、大きな希望といったら変かもしれませんけどねぇ、小さな希望かもしれませんけど、それ以外には、なにもないですよねぇ。』

「吉野さんが社会の変革を生き甲斐と感じることと、吉野さんが被爆して、これまで二六年、原爆のために苦しんでこられたこととの関係、それをご自分ではどう感じておられますか?」

「それをいわれるとちょっと困っちゃうんですけどね。困っちゃうというのはですね、あまり、そういうことには、僕自身もですねぇ、まだまだ、自分でふっきれるような状態じゃないですからね……。

ですからあのう、なんといったらいいですかね……まあ、その、なんのためにね、自分が被爆しなければならなかったんだろうか、っていうこと、これはあの二六年間、とくに思い続けてきたことのひとつですけどね。

いまの、現実の生活も、やっぱり被爆後から端を発してますからね。もし被爆さえ、八月の八さえなかったら、おそらくですね、僕はあの、まだね、家族とともに、いっしょに暮らすことができただろうし、こんな惨めな生活にもならなくてよかっただろうと思うんですね。

将来に託せる希望といったら、いまいったように、社会を変革するということと、それからもうひとつは、自分がですね、もういちど社会に出て、ほんとうにあの、人間らしい生活ができるということですね。

というのはですねぇ、僕ですね、最近ですねぇ、この押入れのなかにクモの巣ができていたんですね。小さなクモなんですよ。

で、小さなクモの巣のところをちょっと手で触れて、網をひっかいたんですね。そしたらそれをですね、そのちっちゃいクモですらですね、編みはじめるんですね。一生懸命ですね。

これをみてですねぇ、クモの巣がですね、クモが編んでゆくようなあの自力ですね、なんで僕が、それができないんだろう、そう思ったですね。ほんとうにそう思ったんですよ。

ほんとうにオレは、いままで人間らしい生活をやってきたんだろうか、そう思いましたですねぇ。」

## 「原子爆弾の効果」——私の被爆者論

吉野さんの、この長い身の上話を読んでくださったあなたは、どのような感想をもたれたでしょうか。

私の感想はきわめて矛盾に満ちたものでした。

私はまずなにより、吉野さんのこの物語に、深い感銘を受けました。

そしてそれまで判らなかった、原子爆弾と人間との関係の本質、つまり被爆者というものの正体が、うっすらと判りました。

吉野さんが「生き甲斐は社会を変革することだ」といいはなった瞬間、これこそが、言葉の正しい意味での「原子爆弾の効果《イフエクツオフアトミツクボムス》」だ、と直感しました。

吉野さんの話をきいて判ったことを骨組みとして、私は、自分なりの被爆者論をやがてかたち作りました。

もう、これからどれだけ被爆者を訪ね歩いても、これ以上の話にあうことはないだろう。そのような話がもしあるとすれば、それは広島や長崎にではなく、東北の深い雪のなかか、沖縄のきびしい炎暑の下にあるだろう。そう、私は思いました。

かたわらで私は、この話はほんとうだろうか、と思いました。

その傍証がほしいと思いました。

この録音テープは、結局のところ、だれにもきいてもらうことのできない、「幻のテープ」になるのではないか、という気がしました。

話をききおわった直後に感じた、この矛盾した感想のすべてが、いま思うと、けっして的をはずれたものではなかったような気がするのです。

## 1

私はまず、吉野さんの話に深い感銘をうけました。

第一にこの話が、鮮やかな情景《シーン》に満ちていることに感じ入りました。

第二に吉野さんの話のなかの最も印象的な登場人物である、「姉さん」の生と死に、心からうたれました。

第三にこの話の内容全体に——つまり、原子爆弾から、人間らしく生き、人間らしく死んでゆくために必要な条件を徹底的にうばわれた人間が、人間らしく生きぬくための営みのあげくとして、最も徹底的に原子爆弾を否定し返す、その高みにたどりついているという、吉野さんの半生そのものに、最大の感動を感じました。

被爆者をたずねてそのお話をうかがい、録音に収録する、この作業にとって、技術的にはふたつのことが、大切な目標になります。

その第一は、人間の感情、人のこころを、「声」のなかにとらえる、ということです。いいかえれば、深く「感情をこめて」話してもらう、私たちの側からすれば、深く「感情のこもった」話をひきだすということです。

原子爆弾を受けた人間の驚き、怖れ、悲しみ、苦しみ、怒り。原子爆弾がもたらしたものを否定し返し克服する、その過程で示される喜びやほこらしさやさしさや――この、人のこころを伝えることをつうじて、被爆の事実を伝える数字も品物も科学的データも、その生命を回復し、いっそう深く、人々に「被爆の実相」を伝えうるのだと思います。

人間のこころを伝え、感情を伝え、それをつうじて「被爆の実相」を伝えるという目的にとって、「声」「ものがたり」「録音」というこの方法は、ゆくゆく、独自の働きと可能性を持つことができるのではないか、というのが、最初にも記しましたが、一〇年間、被爆地のラジオ記者であった私の胸にめばえた予感でした。

目標の第二は、その被爆体験、被爆者体験を、「情景《シーン》として」話してもらう、私たちの側からすれば「情景《シーン》として」語られるように話をひきだすということです。「具体的に」

「リアルに」「目に浮かぶように」話してもらう、といいかえたほうが、判りやすいでしょうか。

被爆直後の惨状、そのごの被爆者の苦労、それはばく然とは、誰でも知っていることでしょう。被爆者が衣食住の方法を失い、健康を奪われ、生活してゆくために必要な数々の条件を奪われ、苦労を重ねてきた、らしい、きた、そうだ。これは観念としては、いまでは多くの人々に知られていることでしょう。

しかしその苦難の歴史が、どのように具体的につづられてきたか、目にみえるようにアリアリと語られることによって、はじめて被爆者の体験は私たちの体験になりうるのです。被爆者の人生が、私たちの人生として感じられるのです。

こういう、身の上話の魅力は、ひとつは意外性の魅力、もうひとつは情景《シーン》の魅力だ。作業をつうじて、私に判ってきたことのひとつです。

「感情をこめて」「情景《シーン》として」話してもらう、という、この作業の目標にとって、吉野さんの話はそのどちらにおいても成功しました。あとのほうの目標においてとくにそうでした。

ただし被爆以前の生活や、直接の被爆体験そのものについては、吉野さんの話はけっして「第一級」のものとはいえません。この部分についての吉野さんの記憶は多少混乱しているように私には感じられました。ほかの人々の話をぬきんでている、具体性をもっているとも思えません。

被爆以前の生活や、直接の被爆体験については、吉野さんの話を大きくこえた、豊かな、なまなましい感情と情景《シーン》に満ちた録音を、私たちの作業は数多くもっています。

吉野さんの話が最も具体的な情景に満ちているのは、いうまでもなく、その一五年の入院生活についての部分です。

変化に乏しい病院での生活を、年月をおって具体的に語りつづっていくことは難しいことのように考えられますが、吉野さんの話はそうではありませんでした。

ただひとり生き残って敗戦の日救護病院にかけつけてきた「姉さん」が、吉野さんの枕元におかれた両親の遺骨箱にしがみついて泣いたシーン。

吉野さんには白いごはんを食べさせ、自分は芋を食べていた「姉さん」。

砂糖を買ってこい、ミカンを買ってこいという吉野さんの無理難題に、廊下で泣いていた「姉さん」。

窓の外の風景をみたくないといって、病室の窓にカーテンをつけさせながら、こっそり、外をのぞいて「姉さん」にみつかり笑われた吉野さん。

お土産のお菓子を目の前にぶらさげて、犬や猫をじゃらすように吉野さんをじゃらした「姉さん」。ベッドに寝たまま、それにとびつこうとする吉野さん。

「姉さん」の具合が悪くなって、同じベッドに背中あわせに寝かされ、何ヵ月ものあいだ、ひとことも口をきかなかった思春期の姉弟。

見舞いの中学生が持ってきた果物を、自分でもよく説明できない気持から放りだしてしまった吉野さん。そのとき、床にころがった果物や、枕元にとりだされた一匹の折鶴のイメージが、私にはくっきりと浮かんできます。

そして死の床にあって、しきりに吉野さんの名前を呼んでいる「姉さん」と、そのかたわらに運ばれていった吉野さんが、手を伸ばして、「姉さん」に触れようとする、印象的なシーン。

それからまた、東大病院の病室のベッドから、ふとんをかかえてはころげ落ち、床を這う練習をする吉野さん。

三人の看護婦に前後を支えられながら、歩行器にとりすがり、汗びっしょりになってはじめて五メートルを歩いた吉野さん。

一五年の吉野さんの入院生活の物語は、数々の豊かなイメージを私にあたえてくれます。その溢れでる感情とくっきりした情景《シーン》によって、被爆者の体験は私たちの心に焼きつくものとなる、私たちに被爆とはなにかを伝えるのです。

さいごに、吉野さんが問わず語りに語ったクモの巣の話は、私を驚かせました。

木賃アパートの三畳間の片隅で、破れた巣を一心につくろっている一匹の小さなクモ。そのクモの営みをみつめて、人間らしく生きぬこうという思いを、もういちど自分自身にたしかめている吉野さん。

それは二六年間にわたる吉野さんと原子爆弾との闘いの物語をしめくくるのに、もっともふさわしいシーンであるように私は感じました。

その夕方、雨あがりの雲間からやわらかい日光が部屋のなかにさしこみ、吉野さんの顔とクモの巣を浮かびあがらせ、軒先からトタン屋根のひさしに、雨だれがぽつんぽつんと落ちている――。そんなイメージが、私の胸のなかにアリアリと浮かんできました。

もし吉野さんの話を私が録音構成として作品化するとすれば、それがどのような部分で語られたものであっても、私はこのクモの巣の話を、番組のいちばん最後に配置するでしょう。いや、だれが作品を作ってもそうなるのではないでしょうか。

この話をさいごに置いて、テーマ音楽を導入していけば、もう、どのような説明も必要ないでしょう。

そのような話を、吉野さんが実際の録音のちゃんといちばん最後にしたことは、私を驚かせずにはいませんでした。

ところで、それから八ヵ月ほどたったのち、私はひとりの小説を書く女性の訪問を受けました。前の年、ある文芸雑誌の文学賞を受賞した長崎出身の被爆者で、収録したテープをきかせてほしいというのが、その人の依頼でした。

私は吉野さんを含む、長崎の被爆者一〇人を選んで手紙を書き、同意をいただいた何人かの録音をきいてもらいました。

「小説を書くのがいやになった。」

録音をきいて、その人はこういいました。この言葉は、大部分は、私に対するお世辞、外交辞令だったのでしょう。しかし少なくともその一部分には、たしかなイメージをともなって語られた事実の迫真力にたいする、小説を書く人、いわば作り話を書く人の、率直な嘆声がこめられていたでしょう。

## 2

吉野さんの話のなかで、最も印象的な登場人物はいうまでもなく、昭和二八年に亡くなった吉野さんの「姉さん」です。

吉野さんの話のなかで、というより、被爆者に私がうかがった話のなかに登場してくる、数千人以上の人々のなかで、私にとって最も印象的な人物はこの「姉さん」です。

一〇代のはじめ、原子爆弾によって両親、兄、姉と家・財産のいっさいをなくし、ただひとり生き残った病弱できききわけのない弟の養育と看病に一身をなげうち、ついに自分も白血病におかされ孤独のうちに死んだ「姉さん」。この少女くらい、無名戦士という称号にふさわしい存在はないのではないか、私はそう思いました。私はこの「姉さん」の生涯、その生と死に深く心を動かされました。

私は「姉さん」の話をきいて森鷗外の「山椒大夫」に描かれた、安寿姫を連想しました。姉弟ながら怖ろしい人買にとらえられた安寿は、柴刈の途中弟を逃げさせます。

「泉の湧く所へ来た。姉は樏子《かれひけ》に添へてある木の椀《まり》を出して、清水を汲んだ。『これがお前の門出を祝ふお酒だよ。』かう云って一口飲んで弟に差した。

弟は椀を飲み干した。『そんなら姉さん、御気嫌好う。きっと人に見附からずに、中山まで参ります。』

厨子王は十歩ばかり残っていた坂道を、一走りに駆け降りて、沼に沿うて街道に出た。そして大雲川の岸を上手へ向かって急ぐのである。

安寿は泉の畔に立って、並木の松に隠れては又現れる後影を小さくなるまで見送った。そして日は漸く午に近づくのに、山に登ろうともしない。幸にけふは此方角の山で木を樵《こ》る人がないと見えて、坂道に立って時を過す安寿を見咎めるものもなかった。

後に同胞《はらから》を捜しに出た、山椒大夫一家の討手が、此坂の下の沼の端で、小さな藁履《わらぐつ》を一足拾った。それは安寿の履であった。」

鷗外の筆はこう、その入水を暗示するだけですが、自らの生命をなげうって、弟を逃がし、生き永らえさせた一五歳の安寿の気高い自己犠牲の心が、私たちにはそくそくと伝わってきます。

のちに厨子王が盲《めしい》となったお母さんとめぐりあうのは、だれでも知っている、この物語の結末です。

「姉さん」の生命によって生き永らえてきた吉野さんは、なににめぐりあうことができるでしょう。そのなかで「姉さん」の生命はどのようによみがえることができるでしょう。

それはきっと、吉野さんと「姉さん」だけの問題ではないでしょう。

吉野さんが私の残酷な質問に答えて、歯をくいしばり、涙をこらえながら語ったように、「姉さん」は亡くなって、もう、どこにもいません。なにをどうしても、原子爆弾によって殺された「姉さん」の生命をつぐなうことは、もうできません。

しかし吉野さんは生き残りました。

そして私に、「姉さん」の生涯を語りました。

こうして、吉野さんの胸のなかに生き続けてきた「姉さん」は、私の胸のなかに、ポツリと、その生命の炎をよみがえらせました。

自分の胸のなかに、一本のロウソクの灯のように、ほそぼそとともった、この「姉さん」の生命を、数多くの人々の胸のなかに燃え移らせることはできないだろうか。

この録音をたくさんの人々にきいてもらうことによって、二〇年近くもまえ、だれにも気づかれず、しかし自分に課せられた任務を力いっぱい果たし、生命のかぎり原子爆弾を否定し返して死んだ、ひとりの若い女性の生命を、いく百千の人々の胸のなかによみがえらせることはできないでしょうか？

子供の頃に読んだ「青い鳥」に、チルチルとミチルが「青い鳥」をもとめ、死んだ人たちが住んでいる国をたずねる場があります。

死んだ人たち、兄妹の祖父母も弟たちも老犬も、死後の国でこんこんと眠りつづけています。

ただ、生きている人々が、その死んだ人たちを思い出すときだけ、死んだ人たちは眠りからさめ、大きく背伸びをして、活き活きと活動しだすのだ――と、お祖父さんは兄妹にそう教えます。ふたりが、こわれて捨てた柱時計を思い出したとたん、その時計はコチコチと時を刻みはじめるのです。

キリスト教の国であるヨーロッパにもこんな考え方があるのでしょうか。それともこれはメーテルリンクの創作なのでしょうか。私には判りません。が、この場面は、死んだ人たちと、生きている者たちとの関係を美しくのべたシーンとして、私の胸にやきついています。

「姉さん」の話をたくさんの人々にきいてもらい、孤独のうちに逝ったその人のことを知ってもらうことによって、「姉さん」の生命はきっとよみがえるだろう。「姉さん」の生命を原子爆弾からとりかえせるだろう。そのとき長く長く、「死の国」で忘れられ、眠り続けてきた「姉さん」は、きっと大きく伸びをしてめざめ、活き活きと動きだすだろう。

私はそう思いました。

一九四五(昭和二〇)年八月、長崎に原子爆弾が投下されたときの、自分と吉野さんとの境遇が、たいへんよく似ていることを、私は考えずにはいられませんでした。

吉野さんは一九三五(昭和一〇)年、七人兄姉の末子として生まれ、そのとき、長崎市の城山町、つまり長崎の市街地を大きくふたつに分ける金比羅山の西側に住んでいました。

一九三六(昭和一一)年、八人兄姉の末子として生まれた私は、そのとき、長崎市の上西山町、つまり金比羅山の東側に住んでいました。

長崎への原子爆弾投下をめぐる数々の偶然は、よく知られています。

二発目の原子爆弾を投下するためテニアン島を発進したB29「ボックス・カー」は、さいしょから僚機一機とはぐれるという失敗をしたあげく、第一の目的地・小倉の上空に飛来しました。

しかしそのまえに行なわれた通常の爆撃による火災の煙にさえぎられて、投下の目標を見つけることができませんでした。三回も投下の姿勢をくり返し、弾倉のハッチを開きながら、原爆投下のスイッチを押すことができなかったのです。

そしてガソリンを減らして第二の目的地である長崎の上空にやってきて、長崎の空をおおっていた雲の裂け目を、浦上の上空、つまり金比羅山の西側にみつけだし、大急ぎで原子爆弾を投下して去りました。

テニアンに帰るのにはガソリンが足りなくなって、沖縄へ帰投したのです。原子爆弾を抱いたまま着陸することはたいへん危険だったし、搭乗員のひとりの言葉によれば、「原爆を落とさないで持って帰ったり、海に落としたりするのは馬鹿げているため」長崎に投下されたらしいのです。

こうして、長崎で被爆したすべての人々にとっての惨劇がはじまりました。もしこの飛行機が長崎の上空に飛んできたとき、雲の裂け目が金比羅山の西側ではなく、東側にできていたとすれば、現在の吉野さんの境遇は、私の運命そのものとなったでしょう。

そのとき、田舎に疎開していた私は、直接の被爆者とはならなかったでしょうが、私の家族は全滅状態となり、私は入市被爆者(被爆後二週間以内に爆心から一定距離内に入り、放射能をあびた被爆者)となったでしょう。私の疎開がもうちょっと遅れていれば私はおそらく死に、かりに生き残ることができても、現在の吉野さんとは遠くない半生を送ることになったでしょう。

そのかわり吉野さんの家族はおそらく生き残り、吉野さんは私が得たていどの健康や、教育を受け、就職し、自立するための機会にめぐりあうことができたでしょう。

吉野さんが現在の私のようにはならず、私が現在の吉野さんのようにはならなかった、その運命の岐路を分けたものがまったく指先ひとつの偶然であることを考えれば考えるほど、吉野さんの現状を、私は他人事とは考えることができませんでした。

被爆後一三年目に、私の父は爆心地から五〇〇メートルほどの距離にある山里町の一角に土地を買って、老後を送るための小さな家を建てました。翌年父は亡くなりました。私はその次の年から、その家に母と住んで、社会人としての最初の一〇年間を送りました。

私の家の土地の下にも、被爆して亡くなった人々の白骨が埋もれているにちがいありません。家の起工のときに行なわれた地鎮祭では、この土地の下に埋もれているにちがいない、被爆死者たちの霊を鎮めるための神事が特別に行なわれたのです。

被爆者の「声」の収録作業を私は最初、長崎の放送局の仕事としてはじめました。収録した録音の一部の放送がはじまったのは、一九六八(昭和四三)年一一月五日、私の三二歳の誕生日でした。この作業を半年間担当して、私は佐世保支局に転勤しました。翌年、退職しました。

この作業をはじめるようになるうえで、自分が爆心地から五〇〇メートルほどの土地の上で、いわば被爆死者たちの白骨の上で寝起きして、自分の社会人としての最初の一〇年間を送ったことが、決定的な理由のひとつであるように私には感じられます。

いまではすこし思いこみすぎだったように感じるのですが、吉野さんの話にめぐりあったとき、私は自分が吉野さんひとりにあうために、長崎を去って、東京に出てきたような気持がしました。私の家の土地の下に眠っているだれかが私を呼んで、吉野さんにひきあわせたように感じたのです。

吉野さんに、姉に作ってもらった食べ物を食べてもらいたかった、私の気持がお判りいただけるでしょうか。

## 3

吉野さんの話に私がひきこまれた、三番目の、そして最も大きな理由は、吉野さんによって語られた被爆後二六年間の苦難に満ちたその半生が、原子爆弾と人間との関係を、私にはじめてうっすらと教えたからでした。被爆者とはどういう人たちかということも、はじめてうっすらと、私には判りました。吉野さんの話をきいて判ったことを骨組みとして、私は自分なりの被爆者論を形作っていきました。

吉野さんにあう三年前、長崎で被爆者の話の収録をはじめたころ、私は被爆者を、原爆被害者としてだけしか、理解することができませんでした。被爆者は戦後二〇年余というその時期に残っている、最後の、そして最大の「戦跡」なのだ、というふうに考えていました。

吉野さんにあって、原子爆弾と人間との関係がそれだけでないことを感じました。

吉野さんが原子爆弾からどのような被害を受けたか、それは明らかでしょう。

吉野さんは原子爆弾によって、人間らしく生きていくために必要な条件をほとんど全部奪われました。

私たちが人間らしく生き死にするために必要な条件を、ひとつひとつ、指折り数えてみると、吉野さんがそのひとつひとつを、原子爆弾によって奪いとられていることに改めて驚かされます。

吉野さんは自分を育ててくれるはずの家族と家庭を奪われ、家族の愛情を奪われ、住む家、着る物、生活に必要な物質的な条件の全部を奪われました。健康をぎりぎりの限度まで奪われ、教育を受ける機会を奪われ、就職し、自立し、自分自身の家族を生みだしてゆく機会を奪われました。幼な友だちを奪われ、故郷を奪われました。

生き残ったただひとりの肉親であった姉もまた、八年後に、原子爆弾によって殺されました。就職し、自立しようとしたそのたびに、被爆の後遺がそれをはばみました。

三〇代の半ばをすぎてひとり大都会の片隅で、三畳間を借り、生活保護を受け通院しているという現在の吉野さんの境遇そのものが、原子爆弾がどのように人間から、人間らしく生き死にするために必要な条件を奪うか、人間の人間らしさを否定しつくすかということを、あますところなく証明しているといってよいでしょう。

しかし原子爆弾が吉野さんから奪うことができなかったもの、否定しつくせなかったものがひとつだけあります。

それはいうまでもなく、吉野さんの生命です。人間らしく生きてゆこうとする、生命の力といったらよいでしょうか。

この生命の力、吉野さん自身にも説明できない内面の衝動によって、吉野さんは生き、学び、ベッドから立ちあがり、社会に出ていったのです。そうして働き、住む所、着る物、食べる物を奪い返し、友だちを奪い返し、音楽鑑賞のなかに精神的な歓びを奪い返し、とにかくひとりで寝起きできるだけの健康を奪い返しました。原水爆禁止運動や被爆者運動に参加することをつうじて、社会との結びつきを奪い返しました。

吉野さんのこのあゆみのために、「姉さん」の献身はもちろん、医師、看護婦をはじめとする、さまざまの人々とその組織、戦後の日本のいろいろな制度の助力が必要であったことはいうまでもないでしょう。しかし、一粒の種子が芽ぶき成長してゆくその力が、日光や水分、養分という条件に助けられながらも、本来その種子そのものに内在しているように、人間らしい生活をすこしでも回復させたその力が、根本的には、吉野さん自身に内在した生命の力だったと考えることに、同意しない人はいないでしょう。

「一九四五年八月六日　九日　広島と長崎の空に天を裂く閃光がはしった　数十万人の生命は地上から消えた
生き残った被爆者は放射能の病苦と貧困と差別と政治の無視に耐え　ひたすらに戦後の日本を生きた

その日の記憶をいずみのように鮮烈に抱き　再び核戦争のおきぬことを願い　その苦難がやがて大地にめぶく一粒の麦たらんことを信じて」

これは東京都に住んでいる被爆者たちが、北品川にある万松院東海禅寺の境内の一角に建てた「原爆犠牲者慰霊碑」の碑文です。

まことに吉野さんは、原子野にぽつんと残された、焼け残りの一粒の種子のような存在でした。

吉野さんが語った被爆後の二六年は、原子爆弾が吉野さんから人間らしく生き死にするために必要な条件を奪いとっていく過程であったと同時に、吉野さんが人間らしく生き死にしていくために必要な条件を奪い返していく過程、自分の人間らしさをとり返していく過程、そのことをつうじて原子爆弾を否定し返していく過程でした。

いや、こう理解するほうが正確でしょう。

原子爆弾が吉野さんから、人間らしく生き死にするために必要な条件を根本から奪うものだった、そのゆえに、吉野さんがその後も生き続け、人間らしく生き続け、自分の人間らしさを回復しようと努めたその営みのひとつひとつは、抜きさしならず、原子爆弾を否定し返す性質を持つほかなかったのだ、と。

その営みの二六年目の到達点として、私は「生き甲斐は社会を変革することだ」という言葉をきいたのです。

この言葉をきいた瞬間、私はこれが、言葉の正しい意味での「原子爆弾の効果」(effects of atomic bombs)だ、と直感しました。私たちにとって本当の意味で「原子爆弾の効果」とは、被爆者にこのような言葉をいわせたこと、いや、このような意志を持たせたことだ、と直感したのです。

原子爆弾を投下した人たちは、そのごの広島や長崎のようすを調べてまとめた文書やフィルムに“effects of atomic bombs”というタイトルをつけました。effectsという言葉には「影響」という意味もあるようです。しかしどの辞書を開いても、最初に書いてあるのは「効果」という言葉です。事実、このタイトルが日本語に訳されるときは、いつも「原子爆弾の効果」という言葉に訳されています。

いったい、「原子爆弾の効果」という言葉は、被爆者を肉親にもち、被爆地で育った私には世にもふしぎな言葉です。

どれだけの広さの範囲の構造物を、どのように破壊することができたか、どれだけの数の人間を殺し、傷つけることができたか、それが「原子爆弾の効果」だ、というのです。この言葉は、ちょうど「駆虫剤の効果」とでもいう言葉と同じような意味で使われているように、私には感じられます。

しかし「原子爆弾の効果」とは、落とされた人間たちにとってはどのようなものだったでしょうか。ここでくわしくはのべませんが、被爆者のすべてが語ってやまない地獄、これが「原子爆弾の効果」だったはずです。

火の中で泣き叫ぶ我が子を残し、逃げなければならなかったお母さんのそのごの歳月を、永く苦しめてきたようなこと。広島や長崎のひとり暮らしのおばあさんが、いまも死んだ息子を恋しがって泣いているようなこと。出産のたびに、被爆者につながるだれかれが、不安に胸をしめつけられるようなこと。とても数えあげることはできない膨大な人間の苦痛、悲しみ、苦悩の集積が、「原子爆弾の効果」だったはずです。

その点で原子爆弾はたしかに「効果的」effective でした。

しかし原子爆弾を投下された者、私たちにとって、ほんとうの意味で「原子爆弾の効果」とは、被爆者の、私たちの、被爆の結果と闘う、原子爆弾再投下の試みと闘う、その意志と営みを生みだしたこと、ここに吉野さんに、原子爆弾を否定する究極の結論として、社会変革の意志をもたらしたこと、そのようなことではないでしょうか。

最も根本的に自分の人間らしさを原子爆弾によって否定された吉野さんは、自分の人間らしさを最も根本的にとり返し、原子爆弾を否定し返すことの結論を、社会の変革にみいだすほかなかったと思うのです。

この因と果とのあいだには、ひとすじの必然が貫いてはいないでしょうか。

このような吉野さんを、「被爆者の典型」という言葉で呼ぶとすれば、それは吉野さんが生きてきた年月の重みにたいして、ふさわしいとはいえないでしょう。吉野さんのような人は、人間を否定しつくそうとする原子爆弾と、原子爆弾を否定し返して生きる人間、この原子爆弾と人間との関係の極限を生き抜いている人、と呼ばなければならないのではないでしょうか。

原子爆弾と吉野さんとのこの関係を、原子爆弾＝加害、吉野さん＝被害者、という図式だけでとらえきれないことは明らかでしょう。私は吉野さんの話をきき終ったとき、もう、これから先どれだけの数の被爆者にあっても、これ以上の話にめぐりあうことはないのではないか、と感じました。豊かな感情、躍動する言葉、意外性とクッキリした情景《シーン》に満ちた話には、これからまたいくらでもめぐりあうことができるでしょう。

しかし吉野さんより多く、原子爆弾から奪われることはまずない以上、吉野さんより多く、原子爆弾から奪い返すことはありえない以上、その話の本質において、吉野さんの話を超えるものはないだろう、そう感じたのです。そしてもしあるとすれば、そのような話は広島や長崎にではなく、人間がもっともきびしく人間であることを試されるような環境、たとえていえば東北の雪深い農村とか、沖縄の炎熱の下の基地の片隅とかにあるだろう、そう予感しました。

これもまた私の思いこみすぎでしょうか。しかしこの予感も、吉野さんの話をきき終ったときに私が感じた、他の予感とおなじように、それほど見当のちがっていたものではありませんでした。

――ところで、吉野さんの話をきくことによって私に判ってきた吉野さんと原子爆弾との関係、これを人間と原子爆弾との関係に一般化して考えると、どうなるでしょうか。

ここでもいちばん判りやすい関係は、原子爆弾、その使用が、人間のなかの人間らしさを徹底的に否定する、人間を徹底的に否定するという関係でしょう。

原子爆弾は人間を虐殺しました。

ただ殺したのではなく、まったく人間らしくない状態をともなって殺しました。このことについて、殺された人々の肉親、友人たちの、目撃にもとづく数限りない証言を私たちはもっています。

原子爆弾の使用はまた、生き残った人々が、そのご人間らしく生き、死んでゆくために必要な条件を、あらゆるかたちで奪ったり傷つけたりしました。このことについても、当事者自身による限りない数の証言を私たちはもっています。原子爆弾がもたらした被害の総体は学者によってまとめられ、分析され、それぞれの被害の関係を示す精密な相関図が作られています。

原子爆弾投下の結果がこのように人間を否定するものである以上、被爆した人間がそのごも生きつづけ、人間らしく生きつづけ、自分の人間らしさを回復しようとする営みは、ぬきさしならず、原子爆弾投下の意図を否定し返すという性質をもつほかないでしょう。

被爆者はまず生きつづけることによって、原子爆弾投下の、自分にたいする殺害の意図を否定し返して生きています。原子爆弾の使用が、その後遺によって被爆した人間たちの健康と生存をおびやかすものである以上、被爆者の病いとの闘い、健康になろうとする努力、被爆者の心臓の鼓動、呼吸の一つ一つが、原子爆弾を否定し返す営みとしての意味を帯びるほかありません。

そのように、被爆者は生きています。

この営みの根源は、人間ひとりひとりがその内側に持っている、生きたい、健康に生きたい、他の人々との人間らしいつながりのなかで、食べ、着、住み、愛し、産み、育て、物質的に、精神的に、限りなく向上したいと願う、生命の力、生命の欲求にほかならないでしょう。

原水爆を廃絶させようとする被爆者の意志は、自分たちの人間らしさを回復しようとする、被爆者の営みの到達点としてあります。

それは原子爆弾の使用が奪うことができなかった、被爆者の生命の力の、必然的な帰結でしょう。

自分たちの体験が、同じ体験を人々にさせないうえで役立った、ということをつうじて、被爆者はその人間らしくない体験が、人間世界のなかで意味を回復し、自分たちの人間らしさがすこしでも回復された、と感じることができるでしょう。

被爆体験を語り、伝えるという被爆者の営みは、そのことをつうじて、まったく人間らしくない自分たちの体験の意味を、人間世界のなかにとり返し、自分たちの人間らしさをとり返そうとする意志のあらわれでしょう。それは自分たちの人間らしさの回復を求めてする、被爆者の他の営みとまったく同じ、「人間を返せ」という叫びの表明にほかなりません。

私たちは被爆者という人々の存在そのものをつうじて、原子爆弾使用の結果を知り、原子爆弾が私たち自身にとって、どのようなものであるかを知っています。

かりに原子爆弾が、広島・長崎への使用に先だってある人々によって提言されたように、その威力を示威するため、洋上や無人島に投下されただけだったら、私たちは原子爆弾の使用が私たちにもたらすところのことを、うすうす想像することはできたとしても、現在のようにくわしく、なまなましく知ることはできなかったでしょう。それが大きな破壊力を持つ爆弾だということは知ることができても、それが私たちや私たちの最愛の者に、どのような死と生をもたらすかを、現在のように具体的に知ることはなかったでしょう。科学的には厳密で正確なデータと数字を、想像力でどのように補いつづりあわせたとしても、被爆者の実際の体験、そのコトバが伝えるようなことを感じとることは、けっしてできないでしょう。

私たちは被爆者のなきがら、その苦悩、その苦痛をつうじてだけ、はじめて、原子爆弾使用の私たち自身にたいする意味を、具体的に認識することができています。そのことの結果、私たち自身の生命の力もまた、全身の力で、原子爆弾を否定しないわけにはいきません。なぜなら私たちは石ころではなく人間であり、人間らしく生きつづけようとするかぎりは、原子爆弾をなくさないわけにはいかないのですから。原子爆弾にたいする私たちの認識も、態度の決定も、その強さも、私たちはすべてを、実際の被爆者の存在に負うています。

広島・長崎への原子爆弾投下が、原子爆弾を将来くり返して使うことを前提としたうえでの、実験的性格を持っていたことが指摘されています。

広島・長崎への原子爆弾投下は、軍事的には不必要になっていた時期に行なわれたといわれています。予想されるソ連とのきびしい対立のなかで、第二次大戦の戦後処理が有利に行なえるように、社会主義陣営や民族解放勢力にたいして威圧を加える目的をこめて、それは投下されたといわれています。

同時にそれには、大きな費用と労力をついやして作りあげた新兵器を、日本人が降服しないうちに早く使って、その威力、効果を調べたい、次に使うときの参考になるデータを得たいという、実験としての意味があったと指摘されています。

原子爆弾投下のこの実験的性格に、私はどうしてもこだわりたいと思います。というのは、この実験がまだ終っていないからです。

原子爆弾の投下が人間に与えた惨禍がまだ進行中で、被害のデータが出つくしていない、いっそう深刻化し、凝縮化しているという点でそうだからです。しかし、それ以上に、原子爆弾を否定し返す人間の闘いという、実験をした人たちが、深くは想定しなかったかもしれない、実験のもうひとつの結果についてのデータも、まだ出つくしてはいないという点で、いっそうそうだからです。私たちはそのデータを、これから先いくらでも増やすことができるし、そのことは実験をした人たちが実験結果にたいしてくだす最終的な判定にも、影響を与えずにはおかないでしょう。

広島と長崎に原子爆弾を投下した人たちは、その結果、膨大なデータを得たことでしょう。しかし次のことも知ったでしょう。

つまり原子爆弾を投下しても、その場にいた人間、すべてを殺しつくすことはできないということ。殺しもれがでるということ。生き残った人々の口を、短い期間は沈黙させることはできても、それはいつまでも続かないということ。生き残った人々、殺された人間たちの家族、友人、知り合い、目撃者たちは、何十年経っても、殺された人たちのことを忘れず、原子爆弾投下によってひきおこされた事実を忘れず、被爆の真相を暴き続けるということ。このようなことも知ったと思います。

このデータは、新たに原子爆弾を使おうとする試みにたいして、どのような働きをするでしょうか。被爆者が生きていること。事実を語りつづけること。団結していること。償いを求めつづけること。このことは原爆再投下の衝動にたいして、どのような働きをするでしょうか。それは明らかでしょう。例えば被爆者援護法は、その試み、その意図にたいして、大きなマイナスのデータになるでしょう。ひとたび核兵器を使用すると、被爆国にいったんは損害賠償の請求権を放棄させることができても、やがてその被爆国の政府が、その時の政権の性格にかかわりなく、被爆者の最後のひとりが地上を去るまで、つまり被爆後一世紀前後のときがくるまで、場合によっては被爆者の子供の最後のひとりが地上を去るまで、この場合は一世紀半近くののちまで、その生活や健康の維持に責任を負わされることになる――、ということの先例は、原爆再使用の考えに、大きなマイナスのデータとして働くことになるでしょう。

被爆者援護法をその本質のとおりに正確に表現すると、「原子爆弾によって否定せられた被爆者の人間らしさを回復すること等に関する法律」ということになると私は思っています。同時にそれは法律の条文にその意味を明記してもしなくても、「原子爆弾再投下禁止法」という性格を持つほかないでしょう。

被爆者援護法は、私たちにとって、そのような意味を持っていると思います。かりに原子爆弾を使う側にある人が、原爆を投下することによって得られるものと、その結果失われるものをコンピューターにでもかけて計ろうとする場合、広島・長崎への使用をめぐる実験データは、彼らにとってはなによりの参考になるでしょう。

原子爆弾再投下にたいするマイナスのデータを、私たちはこれからもまだまだ増やさなければならないし、増やすことができるでしょう。

原子爆弾とその使用の結果を否定し返す被爆者の意志と営み。私たちの意志と営み。それをこそ、「原子爆弾の効果」と呼ばなければならないでしょう。

この人間の生命の力は、永い、曲りくねった道のりのあげくではあっても、結局のところ、原子爆弾を否定しつくすことになるのではありますまいか。つまり核兵器を廃絶させることになるのではありますまいか。

そうだとすれば被爆者が語る被爆体験とは結局のところなんでしょうか。

それは原子爆弾が、人間を否定しつくすという自分自身の本質のために、人間から否定し返され、克服され、亡ぼされてゆく、その必然の因果の過程のひとつひとつだと、みることができるのではないでしょうか。けっしてその逆のものではなく。

被爆した人間、被爆者と原子爆弾との関係を、原爆＝加害、被爆者＝被害者という関係だけでみることは正確ではないでしょう。

原子爆弾を否定し返し克服してゆく人間たちの営みの先頭に立っている人々＝被爆者、否定し返され克服され亡ぼされてゆくもの＝原爆、このような関係をもっても、みなければならないでしょう。

このふたつの関係のうち、私たちにとっての主な関係、主な側面はどちらでしょうか。

自分自身の身のうえのこととしては、それほどきびしい被害を受けているわけではないが、実に永年にわたって被爆者の運動や原水爆禁止の運動に粘り強くとりくんでいる被爆者に、私はその後何十人もあってきました。比較的離れた場所で被爆した人や、入市被爆した人々のなかに、こういう被爆者が多いのです。

被爆者がただ原子爆弾被害者であるだけだとするなら、このような人々はあまり被爆者らしくない被爆者ということになるのでしょうか。これはなにかしら、違うような気がいたします。

このような人々もまた、被爆し、入市被爆し、被爆の惨禍を目撃させられたことによって、自分の人間らしさが深く傷つけられたと感じている人々であり、自分の人間らしさを回復する道が、被爆者の運動、原水爆禁止運動のなかにこそあることを知っている人々です。自身の身のうえに、形にあらわれた被害があるかないかにかかわりなく、原子爆弾を否定し返す人間の営みの先頭に立っているこのような人々をも、典型的な被爆者、と呼ばなければならないのではないでしょうか。

――被爆者が生きてきた戦後の日々は、被爆者が被爆者である自分を見つめなおし、あるいは被爆者である自分をあらためて発見し、そのような自分についての認識を一歩一歩深めていった年月でした。日本被団協のフルネームが、「日本原水爆被害者団体協議会」であるように、多くの被爆者組織が「原爆被害者の会」を名乗っているように、被爆者が知り続けてきた自分、戦後のある時期にあらためて発見させられた被爆者としての自分は、なによりもまず原爆被害者としてのそれでした。

しかしいま多くの被爆者は、たんに被害者である立場を大きく乗りこえ、自分たちが体験させられた、いまも体験させられていることの意味を深く知り、自らの体験を語り、原水爆の廃絶を叫ぶことによって、自分たちが人類史のなかで果たすことができる、特別な役割を深く認識した存在として、生き、活動しています。それを私は知るのです。

このこと自体、大いに感動的ですが、私が最も感動するのは、この人々が被爆者として行動をはじめた出発点、たとえば被爆者手帳をとったり、被爆者の会に入ったりした動機が、健康に生きたいとか、すこしでも手当がほしい、生活のたしにしたいとか、驚くように平凡な理由によったという、その平凡さにたいしてです。このような平凡な欲求をおしとどめることはできない、これを否定するものは結局のところ否定し返され、克服され、存在を続けることができない、と感じるほかないのです。

運動に参加する機会をまだ持っていなくても、生活の苦労を続けながらも、身体が弱いながらも、健康を願い、生活の向上を願い、子の幸福を願い、死んだ者を忘れえず、日々営々として働き、生きている人々の営みは、最も人間らしく生きていく道を、被爆者としての役割を歴史のなかで果たしてゆくことのなかにみつけだした人々の出発点として光り輝いています。

いったいこの輝きの第一歩は、いつ、どこで踏みだされたのでしょうか。

私の思いは、一九七〇年代から六〇年代へ、六〇年代から五〇年代へと、被爆者が歩んできた歳月を、一歩一歩、過去へ過去へとたどってゆきます。そして結局のところ、原子爆弾が炸裂した次の瞬間、怖ろしいような静寂がおとずれ、やがて晦冥《かいめい》の天地のなかで、被爆者がとりあえずは自分一身の生命を護るために逃げまどい、被爆者の全身全霊、その肉体の全細胞が、原子爆弾があたえた障害と闘いをはじめた、そのはじまりの瞬間、あの地獄絵のなかまで、たどっていくほかはありません。

たとえていえば、私は原子爆弾を否定し返し克服する被爆者の歩みがどこで始まったかを知るために、被爆者の歩みを撮したフィルムを逆まわしにして、その一歩一歩をうしろへうしろへとたどっていったのです。そして被爆者の両足がピタリと止まり、もうそれ以上は被爆者の両足がうしろへは進んでいかなくなったとき、カメラをパンアップしてみると、被爆者は頭髪をこがし、全身から焼けた皮膚とボロをたらして、立っていたのです。

人間が原子爆弾を否定した、そのはじまりのときとしての新しい光をあて、被爆者の話をきくとき、被爆者が語ってやまない地獄絵は、人間的な輝きとやさしさに満ちています。八月六日、九日の話を何百回きいてもききあきない理由がここにある、私はそう思っています。

あの地獄のなかで踏みだされた被爆者の第一歩のなかに、そのごの被爆者の苦しみに満ちた体験のなかに、被爆者としての活動の出発点の驚くような平凡さのなかに、私は人間が核兵器によって否定され、亡ぼされつくす可能性よりも、核兵器が人間によって否定され、克服されつくす可能性のほうを、(信じるのではなく)感じるのです。人類がゆくゆくは核エネルギーの恐怖の可能性を克服し、エネルギー問題の解決のうえに、未踏の社会、人間の本当の歴史時代をうちたて、そのなかから、人間でない、新しい生物、新しい生命に発展してゆく可能性を、うすうす、思うのです……。

原子爆弾と人間との関係や、被爆者が被爆を語ることとの意味についての私のこのような考えが、吉野さんひとりの話をきくことによってできあがったわけではもちろんありません。そのご何年ものあいだ、何百人もの被爆者をたずね話をきいているうちに、しだいしだいにできあがっていったものです。しかし吉野さんが語ったその半生が、私のこのような考え、いわば私の被爆者論を作りあげる最初のヒントとなり、骨組みとなっていったことは間違いありません。吉野さんは私の被爆者論を組みたてるうえでの鍵となる存在でした。

感情のこもった、情景《シーン》に満ちた、声、言葉としての魅力を持った録音を収録しようとする目的は、作業のうえでは、事実を順序よく正確にききだそうとする調査としての目的とは、しばしば矛盾をあらわしました。自分のこのような方法が、被爆者の生活史をきいていくうえで適当だろうかという作業上の疑問に私はよくつきあたりました。そのようなときでさえ、吉野さんからあのような話をきくことができたという体験が、私に回答をあたえました。この方法でよいのだ、と。

吉野さんに話してもらったように話してもらおう、それが、それからの作業の目標となりました。吉野さんにあのように話してもらった経験は、私のそのごの作業の導きとなりました。

吉野さんにあった前の年、私ははじめて沖縄を旅行しました。そのとき手にいれた新屋敷幸繁さんという方の「琉球おとぎばなし」という本に、金武村《きんそん》のふしぎな少年の話がでてきます。ふつうのものは、遠くへゆけばゆくほど小さくみえるのに、この少年は遠くへゆけばゆくほど大きくなるのです。西の町へうなぎを売りにいったこの少年は、村を離れてゆけばゆくほど大きくなって、とうとう入道雲になってしまいます。夏の朝、東の空にあがる見あげるように大きな入道雲、沖縄の言葉でいうアガリタチグモは、金武村から隣の町におつかいにいった少年がなったものだそうです。――この話が妙に忘れられないのは、私にとって被爆者がちょうどこのふしぎな少年のようなもの、つまり遠くにはなれてゆけばゆくほど、大きくなっていくものだからです。

私は被爆の直後から被爆者の家庭で育ちました。（まだ子供だったせいもありますが）いわばキノコ雲の真下で暮らしていた一五年間、被爆者がかかえている問題の巨大さにすこしも気がつきませんでした。被爆後一五年、二〇年という時間的距離に立って、それをみて、やっとすこしずつ、その大きさがわかってきました。あまりに大きなものはすぐその近くにいてはほんとうの大きさが判らないらしいのです。いま、被爆地から何百キロも離れて吉野さんにあって、私はあらためて、被爆者という存在がもっている問題の大きさに気がつきました。吉野さんはあの金武村のふしぎな少年がなった入道雲のように、見あげるような大きさで私のうえに屹立していたのです。

## 4

たいへん矛盾しているようですが、吉野さんの話に深い感銘を受けるかたわらで、私は「この話はほんとうだろうか」と思いました。この録音テープは、結局のところだれにもきいてもらうことができない「幻のテープ」におわるのではないか、という気持がかすかにしました。これもまた、いまとなればけっして的をはずれた予感ではなかったようです。

吉野さんの話があまりにできすぎていることに、疑い——といっては強すぎますが、そのまま、まるまる事実としてうけとることへのためらい、といったものを、私は感じました。一家全滅。一五年寝たきりの生活。白血病による姉の死。医療認定。独り暮らし。生活保護。被爆者運動と原水禁運動の活動家。原子爆弾と人間との関係を一身に具備したこのような存在は、めったにあるものではありません。人々がえがく、「被爆者」のイメージにあって吉野さんにないものは、ケロイドくらいです。

たいへん次元の低い話になって恐縮ですが、このような被爆者を、ニュースや番組の対象になる被爆者をさがしつづけてきた私たちが、まったく知らなかったということもふしぎでした。日本に原水爆禁止運動が高揚し、人々の関心があらためて被爆者に集まったころ、吉野さんはすでに長崎にはいなかったわけですが、吉野さんほどの「条件」をそなえた被爆者であれば、いずれはどこかの報道機関の取材網にみつけだされ、私たちの耳に入っていただろうと思われました。

吉野さんの話をきいたとき、私はすぐに、それに似た境遇の人として、長崎の方ならどなたでも知っている、ある婦人の被爆者のことを思いうかべました。

その方は原子爆弾によって兄を失い、自身は重い障害を負って、寝たままの生活を送ってきました。お母さんの献身的な看護のかげで、ただただ、泣いてくらしてきた少女が、やがて原水爆禁止運動のなかに自分が生きる意味をみつけ、ついには外国で開かれた国際会議で、すべての被爆死者と生存被爆者を代表して、堂々と原水爆の禁止を訴えるようになるまでのその方の半生は、私たちを感動させずにはおきません。その方もまた、原子爆弾投下によって、最もきびしく、人間らしく生きることを否定されたために、最もきびしく、原子爆弾を否定し返すほかに、人間らしく生きる道を選ぶことができなかった人でした。

窓の外を歩いてゆく少女たちの晴れ着姿がうらやましくて泣いたこと。それなのにお母さんが自分のために晴れ着を作ってくれたときには思わずそれを投げつけてしまったこと。はじめて戸外に出て被爆後の長崎をみたとき、港にうかんでいる黒い船が日本の軍艦(自衛艦)だと教えられ、深い衝撃をうけたこと。その方のお話もまた、豊かな情景《シーン》に満ちています。

その方はこのように著名です。吉野さんは無名です。なぜでしょうか。

吉野さんの話そのもののなかにも、細かい点では、よく判らないことがありました。一九三五(昭和一〇)年の早生まれの人は、被爆したとき国民学校の五年生のはずですが、吉野さんは四年生でした。

生き残った「姉さん」をのぞく、ほかの兄や姉の名前を、吉野さんがおぼえていないこともちょっとふしぎでした。

そんなものでしょうか。

もっとふしぎなのは八月九日の被爆当日、吉野さんが城山国民学校へいったん登校した、その日は遅刻した、と語ったことです。また被爆の直後、終戦の日にはもう長崎医科大学附属病院に収容されて居り、その後そのまま、医大病院に入院しつづけていたらしいことです。

城山国民学校は山里国民学校とともに長崎の爆心から最も近かった学校で、壊滅的な被害をうけました。しかし奇蹟的に生命をとりとめた三人の先生方の証言によって、被爆前後のようすについてはかなりのことが判っている学校です。

長崎の放送局ではじめた被爆者の声の収録とその一部の放送「被爆を語る」で、最初に話していただいたのは、実は城山国民学校の生存者のひとり、当時の教頭先生でした。

夏休み中の八月九日、生徒たちを登校させていなかったことは、三年前、教頭先生から、直接うかがっていたことでした。これは吉野さんの記憶ちがいでしょうか。それとも生き残った先生方の気がつかない、「史実」があったのでしょうか。

爆心地から至近距離にあった長崎医科大学附属病院が被爆によって廃墟となり、その直後、組織的な救護・医療の活動をその場所では行なえなかったことは、当時、長崎にいただれもが知っていることです。長崎市や諫早市の病院、学校などを転々とした長崎医大が、被爆した坂本町の施設で病院を再開したのは一九五〇(昭和二五)年一〇月のことです。この間、多くの被爆者は長崎市内、諫早市、大村市などの病院を転々としました。あれほど印象深く語られた吉野さんの病院生活のなかに、この時期の転院が語られていないのはなぜでしょうか。病室のなかだけでくらしていた吉野さんには、転院したことが、はっきりとは認識できなかったのでしょうか。

被爆後二〇年以上もたってから被爆者を訪問し、その話のなかのこまかい矛盾を指摘することじたい、意味のないことであり、相手にたいして失礼といわなければならないでしょう。かりに被爆者の記憶にあいまいな部分が生まれていたとしても、その責任はおそすぎた訪問者のほうにあるのですから。私は「歴史家」として、歴史を編むため、被爆者に史実をただしているわけではありません。検察官として、被爆者を取り調べているわけでももちろんありません。私は被爆者が正確な記憶を持っていること、それをそのままに語ってくれることを期待はします。しかしそれを要求するすじあいではありません。被爆者がなにかの事情で事実を語らなかったり、粉飾や虚構をまじえてその体験を語ったとしたら、そのような人間の心、その心とその人が被爆したこととの関係には、深い関心をいだきます。しかしそのことに私が苦情をのべるすじあいではないでしょう。まして吉野さんのように、まだ子供のころに被爆し、そのご自分で語ったような境遇のなかでその成長期を送ってきた人の記憶に、少々の矛盾や混乱があってもすこしのふしぎもありません。その矛盾を指摘することじたいが、その人を傷つけることになりそうです。

自分の疑問を露骨にのべることを私はためらいました。そして心のなかで、吉野さんは自分で話しているよりも、実はもっと若いのかもしれない、つまりもっともっと子供のころ被爆した人なのかもしれない、と考えました。吉野さんに最初あったとき、私は四〇歳くらいだと思いました。実際は三六歳でした。吉野さんは自分でそういっている年齢よりもだいぶふけてみえました。その負うてきた半生の苦難のために、ほんとうの、もっともっと若い年齢よりも、はるかに年老いてみえるのかもしれません。もしそうだとしたら、ほんとうの年齢をいいたくない気持もよく判ります。吉野さんが兄・姉の名前を記憶していないことも、被爆直後の記憶や、学校、病院についての話が、多少混乱したり、矛盾したりしていることも説明がつきます。「姉さん」にあとからきかされた話、吉野さんが想像でつなぎあわせた部分、そんなものが実際の体験の記憶とつなぎあわさって、吉野さんの話を作っているのかもしれません。私はそう考えました。

ただ、それにしても。

この話を正真の事実として第三者に紹介するということになると、事情がかわってきます。ほぼ大すじとしては、この話が真実のものであることを保証する責任が、私にも生じてきます。吉野さんの話の内容があまりに素晴しいために、この話はゆくゆく、たくさんの人々にきいてほしいと私は思いました。それらの人々の胸のなかに、「姉さん」の生命をよみがえらせたい。「死の国」で眠る「姉さん」をめざめさせたい。そう願いました。そのためには、細かいことはどうでもよい、この話が大すじでは、いちばん大事な中心の部分では真実であるという、傍証がほしいのです。吉野さんの話を人々にきいてもらい、それが私の期待どおりの波紋をよんでいるうちに、吉野さんの過去をよく知っている人があらわれて、「この話の大すじはほんとうでない」といってくるようになっては困るのです。

私は長崎の友人に手紙を書きました。

友人からは二度に分けて、返事がきました。

「長崎市役所の吉野さんは大陸からの引揚げ者で、お母さんも現存している。東京の吉野さんのお兄さんである可能性はまったくない。」

「当時の城山国民学校の教頭先生には、その姓の生徒についての記憶はない。在校生の名簿はむろん残っていない。」

「もうひとりの生き残りの先生の記憶に、その姓の少年がひとりあった。しかし本籍は横浜市、父は上海航路の長崎丸に乗っていた人。父、姉の三人ぐらしの家庭だった。別人と思われる。」

「戦前から城山町の自治会長や市会議員をつとめ、現在城山町の『復元の会』の会長である人も、吉野竹蔵という人、その一家のことは覚えていない。『復元の会』のほかの会員も同様である。会では吉野さんの家族や被爆の状況、自宅があった場所などを報せてくれるよう希望している。」

「当時長崎女子師範は大村市にあった。松山町に自宅があり、城山国民学校を卒業して女子師範に通っていた人にあった。その人の話によると、城山国民学校を卒業して女子師範に入った人は学年のかなり上下とも知っているが、吉野さんという人も早苗さんという人も知らない。当時長崎から通学していた一年生は三人いたが、そのなかにも吉野さんという人はいなかった。女子師範の卒業者名簿のなかにも、吉野という名前はない。」

それから八ヵ月のあいだ、私は東京の被爆者をたずねて歩きました。そのあいだに、被爆者の集まりなどで、なん度か吉野さんと顔をあわせました。いち度は将棋をさしに、吉野さんのアパートに遊びにいきました。私たちがいちばん親しかった時期でした。知りあって長い時間はたっていなかったけれど、あのような身の上話をした、きいた、私たちには、世間話をしていても、通じあうなにかがあるように、私は感じました。

はじめて吉野さんにあった、その次の年の五月のある日、吉野さんが通院している目黒の診療所で、私は吉野さんと顔をあわせる機会がありました。

そのとき、私は思いきって、本籍地から戸籍謄本をとってみてはどうか、と吉野さんに提案してみました。行方不明となったお兄さんやお姉さんの名前や正確な生年月日が判れば、長崎にいる友人たちに頼んで、消息を調べてもらえると思う、私はそう説明しました。

そのときの吉野さんの怒りを忘れられません。吉野さんはそのとき診療所のある部屋の椅子にすわっていたのですが、その椅子からとびあがりそうになって怒りました。

「いったいぜんたい、それはどういう意味ですか！」

黒い顔を真っ赤にして吉野さんは叫びました。吃音はいっそう激しくなりました。吉野さんの奥目は充血し、とびだしそうになり、鼻のわきに、怒った犬のようなしわがよりました。そうして嫌悪感と憤怒をむきだしにして、

「イヤーになった。」

「なにもかも、イヤーになった。」

と連発しました。

だれかから、このように面罵されたことははじめてでした。私はすっかり狼狽し、陳謝し、他意がないことをくり返し弁解しました。吉野さんの話に疑いをもっているように受けとらせたのが失敗だったと思いました。

そののち、私は被爆当時城山町に住んでいたある婦人を杉並区にたずね、お話をうかがいました。その婦人のことを話すと、吉野さんはぜひあってみたいと希望しました。

「当時のことについて、ききたいことが山ほどある。」

というのです。

その婦人が望まれなかったため、この面会は結局実現しませんでした。得ようとした傍証や裏付けは、得られませんでした。吉野さんは私にとって、あいかわらずニュールンベルクの孤児のような謎の存在でした。吉野さんに話してもらったように話してもらおう、それを目標にしながら、吉野さんに話してもらった経験を道しるべにしながら、かたわらでこの話に裏付けが得られないことを残念に思いながら、私は作業をつづけました。

私は主としては、吉野さんを信じていました。被爆者がその被爆体験を語る、その行為のなかに、故意のいつわりが入りこむことができる、と考えることじたいが、私にははばかられました。被爆者がいつわりを語るかもしれない、ということを前提としては、私たちのこの作業はなりたちません。話のウラをとる。これじたいがイヤな言葉です。吉野さんの比較的最近の来し方について、裏付けをとってみることはできそうでしたが、私はしたくありませんでした。のべ三日間、吉野さんは吃音をふりしぼって語りました。ひざをつきあわせ、涙や笑いのなかで語られたこの話に疑いをいだくことは、自分のこころみの意味を否定することと同じでした。

吉野さんが日本共産党の熱心な支持者であったことが、私の信頼を深めたことも正直に告白しておかねばなりません。

# 暗転

## 手紙（原文のまま）

伊藤明彦さんへ

お返事が大変おそくなりました、いろいろお世話になります、できればこのまま長崎へ飛んで行きたい気持です　父母をはじめとして兄姉達ともども27年目むかえました　母の死んだ防空ごうのそばでぐじゃ〳〵になった母の思い出も父がつとめていました三菱重工業のある幸町でまっくろこげになった骨とも肉ともつかずぼろぼろ姿で手をあげればガラス等鉄の固まりがつきささり無数の砂のようものが附着してうでがぼろ〳〵くずれおち肩のあたりの肉のかたまりにうじむしがついていて死んでいたのを悪夢みるような思いが致します。このまま当地へ訪れたい張りつめた気持で一ぱいです　貴男から二度の手紙をいただき有難う御座居ます　どうしたらよいのでしょう　一九四五年八月九日のこの日のことを思いかえすも無念の気持です……

8月19日　吉野啓二

（前略）27回目の今年は27回忌にあたりますので何とか長崎へ訪れたい気持です　前に書いたように一九七二年八月九日をむかえたときは張りつめていましたが病院の先生よりひきとめられ8月一ぱいに行くことを断念することにしました　一九四五年八月九日を思いかえすも無念のいたりです　当地へ帰って一生くらしてみたい気持ですが先だつものは生活がかかっております　その次は偏見と差別のなかでどうやってくらしていけるかどうかということです　これは私よがりかも知れません（後略）

〔消印8月25日〕

拝啓

伊藤さんお手紙有難う。　あの手紙をみ胸があつくなる思いでした　私が15年の闘病生活から今日にいたるまで繰返しの病院へ入院生活が長崎の浦上の地その丘の城山でごこく神社下の家がそしてまわりがかわり果てたあの瞬間そして母が爆風で吹きとばされそこへとんでいって母の背に手をやった時ぐしゃぐしゃとうずくまるようにして血を吐き死んだ母

父の顔のりんかくさえはっきりしないぼろぼろになった炭のようなあの悪しうのなか着ていた洋服（作業服）の灰のようになったぼろきれに胸のあたりの左ポケットのうらに竹三、

という名が指名されこれが君の父だ!! といわれたときおどろきと自分がどうてんしてそこに約30分位(ろく音されていないかも知れません)父のそばにいた何だかかすかに動いているんじゃないと希望で父をのぞきこみしかし全然動こうともしない しかたなしにそこは危いからと兵隊さんにいわれ城山の家までたどりついたが唯れ一人兄も姉もきてくれない

しかし逃げなければならないというきびしい状況のなかでやっと近所のふかぼりさんにすくいだされその後救護所を転々とするなかでやっと完成しかけた長崎医大に入院することができました。(中略)

今は健康上あまりよくありません。この間アイソトープで測定したところ肝機能が萎縮肝硬変肝不全になりかねないと思っています

代々木病院の先生が大久保病院に紹介され精密検査の結果です。ただ現況では肝硬変に移行することもありうると意味で先生は言葉をすくなめに語られました いわゆる代々木病院で検査とほぼ一致したとのことでした(悪性慢性肝機能らしい)

精神的にもまいっています

生きることのむずかしさ生活を支えるにはどうしても無理をしてで働かなければならない。(中略)その後も血小板がぐーんと減り尿にも蛋白がでる状態で伊藤さんおあいした時より9kg体重が減りました

又疾病には悪性貧血らしいものがあるようです　実は5月頃から週に2回輸血をはじめました　そして6月には週に2回だったのが週に3回と増えこのままでは再入院することをも明かなようです　けれども少しでも働き労働することの喜びを心にかみしめるこのほうが私としては久し振りにこんなに労働することのほこりをもったことはありません。あるいはまじがっているかも知れません　細く長く生きることが正しいのかも知れませんが私としてはこのまま（中略）自分に厳びしく生きることのほうがずっとつらくてもよいことではないかと思います

それが沈着な態度ではないかと思います原爆被害者の一人として生き証人として核兵器完全禁止（製造貯蔵実験使用）当面使用禁止協定の国際の場で結すばせることと被爆者援護法の制定する上で障害がなければと心配しています

充分伊藤さんからほめられたようではずかしいのですが私のテープ収録について多くの人に知っていただくことも大切でしょう　しかし伊藤さんも言っておられましたようにいくら長崎にいたとしてもそれはたった10年間であり長崎市内のこともあまり知らないし知っているのはわずかで御座居ます　そんなわけで収録したテープそのものを多くの人に知っていただくことも重要ですしできるなら協力したいのですが今はあまり健康上よくありませんし（中略）東友会の方々の意見充分にとり入れ私の意見ものべるということで聞いてみたいと思っています　伊藤さんは配慮は本当に身にしみる思いです　普通の被爆体験は核

心にふれることをさけて通るのが私の経験からしてもそうです　核心にふれるということはつらいものです　実際にあのテープ収録されたものは氷山の一角であり長崎の9日の出来たあの日のことは実際に忘することのできないものですできればさけたいという気持が先に行きます　私は弁解するわけではありませんが今だ目黒の被爆者の会の伝統は東友会ができて以来の東京でも古い組織ですにもかかわらず組織できないのは私たい相手の被爆者の経験があまりにも等しく被爆の被をきいただけで絶句される目黒の在住の被爆者があることとこれはある意味で私にもあい通ずるものです。これでは前進はないと思います　いわゆる知られざる被爆者の――言葉みつかりません何を書いていいかわかりませんが底知れぬものがあるのです　単純にアメリカがにくいと言葉でだすすべも知らないこれらの仲間達を何とか組織しなければというはやる気持はここ数年どりよくしてまいりましたがやっぱり大変な仕事でとうていそんなにかんたんに組織されるなまやさしいことではないと思います。（中略）

――生きる生きぬくというむずかしい言葉にやけになってしまうことありますどうしたらよいのでしょう本当に「生きる」ことのむずかしさをいやというほど今日のように感じたことはありません　伊藤さんは身体は丈夫だから生きて生き抜きますと書いてありました　しかし私の場合は28年間平和の炎は決して消すことはできないという信念で原水禁大会にでましたがやっぱり体験はすどりしてしまうのですもっと困難な状況にたたされてい

るのが現状です
私中心的になりましたがおりをみては充分に考えてテープについて意見を私なりに整理したと思っています
くれぐれも身体に大切にして下さいそして多くの収録をぜひ成巧をいのっています
らん筆に失礼致します。

1973年7月13日記す　吉野啓二

伊藤明彦様

収録作業をはじめてから一年二ヵ月目、吉野さんにあってから一〇ヵ月目の、一九七二(昭和四七)年九月はじめ、私はそれまで在籍し、後半は無給の嘱託であったニュースの通信社を退職して広島市に転居しました。

広島市に二年六ヵ月住んで、広島県内の被爆者を訪ねて歩きました。この間、新聞広告で時間給の深夜労働をみつけ、働きました。数年前まで、自分がそんな場所で働くようになるとは想像もしなかった職場でした。それまでまったく知らなかった世界で、働く人々のさまざまな姿をみました。そうして、六ヵ月働いては二ヵ月休み、また八ヵ月働いては三ヵ月休むというふうに、断続的に働いて、生活費と、テープ代・交通費などの費用と、録音作業にあてるための時間とを、かせぎだしました。すこしずつお金を貯めて、このあいだに、真夏の沖縄を三ヵ月、真冬の東北地方を約一ヵ月旅行して、被爆者を訪ねました。七四(昭和四九)年の八月六日は、沖縄・伊江島の砂浜にあおむきに寝て、吸いこまれるようにひろがる天の川と、その天の川を横ぎって射爆場に急降下してゆくファントムの赤いテールランプをしみじみと眺めながら、夜を明かしました。そのご呉市に約一ヵ月、三次市に二ヵ月通いました。いちどだけ東京へいって、たまっていた用件をすませ、夜でしたが吉野さんのアパートを訪ね、あってきました。

この間、吉野さんから二通の手紙と、一通の葉書をいただきました。最初の二通は、私がまだ東京にいたときのものです。文章のなかの「当地」ということばは、吉野さんのつもりでは「長崎」という意味です。

東京へいっていちどあったとき、吉野さんはひどくやせていました。広島へ帰ってから、私は長い手紙を書きました。そのなかで私は、吉野さんの話をきいてもった自分の気持をのべ、どうかお医者さんのいうことをよくきいて、身体を大切に生きぬいてほしい、吉野さんが生きぬくこと、いわば天寿をまっとうすることが、私たちにとってもどれだけ大事な意味をもっていることか知っていてほしいと書きました。テープはそのうち、必ず多くの人々にきいてもらえるよう、一生懸命努力すると書きました。

それにたいしていただいたのがさいごの手紙です。これだけの長さの文章を書くことは、吉野さんにとってはさぞかしたいへんだったろうと私は想像しました。

精神的にまいっている。

体重が九キロも減った。

生きることの難しさを今日のように感じることはない。

こんな言葉が私の胸をしめつけました。

ただ、広島で労働し生活し収録作業を続けながら、どうやって吉野さんの力になったらよいのか、実際には思いあぐねることでした。吉野さんの録音じたいの力が、なにかの道を打開してくれるかもしれない、そんな期待をこめて、吉野さんの録音をきいてみてくれるよう、東京へ二通の手紙を書きました。

返事はきませんでした。

## 「国連事務総長への報告」

一九七五(昭和五〇)年春、私は東京に帰りました。お話を収録した被爆者は五〇〇人になっていました。あの長い手紙をもらった以後、私は年賀状や暑中見舞をだしてきましたが、吉野さんからのたよりはとだえていました。

東京にいけば吉野さんにあえる、こんどこそ、このテープをたくさんの人々にきいてもらって、私の気持をその人たちのものにしてもらうチャンスをつかもう、そんな期待を胸にいだいて、私は東京に帰りました。

吉野さんが再び代々木病院に入院したこと。入院中、精神状態が不安定で、被害妄想にとりつかれていたこと。自分にだれかが毒を飲ませようとしている、だれかが夜なかに自分をさらいにくる、だれかが自分の所有物を盗っていこうと狙っている、そんな妄想にとりつかれ、病院も同室の患者さんも困ったこと。東京へ帰ってから、そんなことを、被爆者の会の関係者からききました。

私は心を痛めました。しかしそのときは、それほど深刻には、心配しませんでした。

そのうち私は東京の被爆者の会の事務所で、研究者の立場から被爆者を訪問している、ある人にあいました。

吉野さんは一家全滅した家族の生き残りだというように最初きいていたのだけれど、実際はお兄さんが現存しているらしい。両親とも、被爆後かなりの年数生きていたらしい。

その人から、そんな話を私はききました。

「それは吉野さん本人が話したことなのですか？　だれか、そのお兄さんにあった人がいるんですか？」

私はそうききかえさずにはいられませんでした。

その人が最初の質問にどう答えられたか、私はよくおぼえていないのですが、とにかく、そのお兄さんという人に、だれかがあったということはないようすでした。

吉野さんが人にそういう話をしたということが、私には信じられませんでした。もししたのなら、どんな目的があってそんなことをいったのでしょう。社会を変革することを生き甲斐としているはずの吉野さん、破れた巣をつくろう小さなクモをみて、もういちど人間らしい生活を再建するために懸命になろうと決意した吉野さんに、どんな必要があってそんなことをいいだしたのでしょう。まったく理解できませんでした。

その年の五月のはじめ、帰京後二ヵ月ほどのあいだかかりきりになっていたある作業から解放されて、私はさっそく、吉野さんにあいにいきました。

五月二日、金曜日、とても天気のよい日でした。

サイゴンが解放されたのが四月三〇日でした。野蛮きわまる暴力が私たちの目の前でふるわれているのに、私たちがそれを有効に阻止できないでいるという、なん年ものあいだ、重苦しく私たちの頭のうえにおおいかぶさっていたやりきれない気分、この戦争でひょっとすると原子爆弾が使われるのではないかという怖ろしい心配、それから、いちばん素晴らしいかたちでときはなされ、晴れ晴れした気分でした。アパートを訪れると吉野さんは留守でした。扉に鍵はかけてありません。

なかをのぞくと、部屋のなかは以前にくらべ、ずいぶん乱雑にちらかっていました。部屋のまんなかには万年床が敷かれ、敷ぶとんが、寝ていた人がすっぽりとぬけだしたそのままの形で、盛りあがっていました。新聞、くず、ぬぎすてた衣類、ベルトなどが、そのまま畳のうえにほうりだしてありました。

予告なしにいったのですからしかたありません。私は商店街を中目黒駅のほうへ帰りかけました。

そのとき、むこうからやってくる吉野さんにあいました。

そのときの吉野さんの顔がいまでも目にうかぶようです。

色はあいかわらず黒く、額は広く、やせほそっていました。顔のどこにもふくらみはなく、頭蓋骨に、うすい肉がはりついている感じでした。そして眼は――吉野さんの眼は、いぜん知っていたよりはいっそう窪み、うつむき加減に傾いた額の下から、不安、疑い、警戒心、敵意、そういう言葉で表現するしかない光を、まわりの人々に投げていました。まちなかでこういう目つきの人にあったら、その人の精神状態が平常でないことを、私はみてとるしかないでしょう。

「吉野さん」

私は声をかけました。

気がつくだろうか、ちょっと心配でしたが、吉野さんは私をおぼえていました。

私たちは近くの喫茶店に入りました。

そこで交わされた一時間ほどの会話――といってもほとんどは吉野さんがしゃべり、私がきいたのですが――を、一問一答の形では、私はうまく再現することができません。ただこの会話をつうじて、被爆者の会の人たちにきいたとおり、吉野さんが安定を欠いた精神状態にあるということを、自分自身の観察でも確認するほかなかった、というしかありません。

発言は脈絡を欠き、具体的にはどういうことなのか、最後まで充分にといただすことができなかったのですが、くり返しくり返し、吉野さんが語りやまなかったのは次のようなことです。

自分が人々から、人々の集団から、人間として耐えられない屈辱、恥辱を味わわされていること。

自分の意見は不当に軽くあつかわれ、自分の調査、研究、資料が、きわめて重要なものであるにもかかわらず黙殺され、しかもその成果を盗まれていること。

自分のまごころをささげている集団から、自分は不当にも疑われ、尾行され、人権を侵害されていること。そのことを思って、何日もふとんをかぶって泣いたこともあること。

しかし、自分の忍耐心にも寛容さにも限度というものがあること。

自分はもしその気にさえなれば、彼らがふるえあがるような、彼らの弱点をつかんでいること。

自分がいよいよ最後の決意をしたとき、彼らはひれ伏して自分に許しを乞うだろうこと。

しかし自分は断固たる態度でそれをしりぞけ、おごそかに、彼らに懲罰をくわえるだろうこと。

「はっきりいって」「はっきりいって」という言葉を連発しながら、かつてはあれほどの信頼と親愛の気持をこめて話していた人々の集団のことを、いま、吉野さんがこのようにいうのをきいて、私は暗然としました。自分がきけば、吉野さんはうちとけて、ほかの人々にはあかさない胸のうちを話してくれるかもしれない、私にはそんな期待があったのですが、それは私のひとりよがりでした。

吉野さんの心が、苦しい修羅のなかで煮えたぎっているらしいこと。それだけは判りました。吉野さんは自分の真価にふさわしく、人々から尊敬を払われていない、と感じているのです。自分がささげただけの純情やまごころにふさわしく、人々から愛し返されていないと感じているのです。そして深く傷つき、苦しんでいるのです。しかしその修羅が、具体的にどんな要素でくみたてられ、どんなメカニズムによって運動しているのか、私には判りません。ただ吉野さんが苦しんでいる、それだけは判りました。

話題をできるだけ明るいもののほうへ、こんどのサイゴン解放とか、吉野さんが最近集めているクラシックレコードのこととか、みにいった歌舞伎のこととかにもっていこうと私は努力しました。吉野さんはちょっとのあいだはその話題にこたえるのですが、あまり興味を感じないらしく、すぐにそのまえの、「はっきりいって」のほうに帰ってしまうのです。

私はなんともいえぬ気持で、吉野さんと別れました。

吉野さんは人間として――まだそういいきるにはためらいがありますが、半ば崩壊しかけているのです。

あれほどすばらしく原子爆弾を否定し返していた吉野さんが、再び原子爆弾にとりこめられ、肉体的に、だけでなく、精神的にも、破壊されかけているのです。人間としてもっとも無念な恥辱の場へ追いつめられかけ、人間として否定されつくそうとしているのです。

しかも私にはどうしたらよいのか判りません。被爆者が語る被爆者体験が、原子爆弾が人間から否定し返され、亡ぼされていく、その過程のひとつひとつとしてあるのではなく、その逆のもの、人間が原子爆弾によって否定され、崩壊していく、その過程のひとつひとつとしてある、そんな結論しかもつことができないとしたら、私のこの行為とはいったいなんでしょうか。

三年半前、あのような高みから原子爆弾をみおろしていた吉野さんが、いま、原子爆弾によって半ば崩壊させられかけているその過程に、なんの影響もあたえることができない私たちの社会とはいったいなんでしょうか。

ああ、肉親さえいたら――あの「姉さん」のような人さえいたら、そう私は思いました。吉野さんの心は、人間の側にとり返せるだろうに。

その肉親たちはどこにいるか？　彼らにたいして原子爆弾はなにをしたか？　それを考

えると、私はちょっと名状できない、苦しい気持に襲われました。そして考えました。

吉野さんの録音を人々にきいてもらう試み、そんなことはもう無理でしょう。どんな反響であっても、それを受けとめるような力は、もう吉野さんにはないでしょう。その大部分が吉野さんを力づけるものであっても、吉野さんの心を傷つけるような反響、すくなくとも吉野さんが傷ついたと感じるような反響が、そのなかにまったくないだろう、とも断言しきれません。吉野さんの精神の平衡を、決定的に失わせるひきがねになる可能性があることを、試みる勇気が私にはおこりそうもありません。

ただ、それでも、私は吉野さんの話の録音がもっている力は信じていました。この力が、吉野さんを助けることができる人々の関心を呼びおこし、かつて被爆の体験を語った、自分のその行為によって、人間として自分を立ち直らせる機会を吉野さんがつかめたら、どんなに素晴らしいでしょう。

それからしばらくのち、私は代々木病院にいって、吉野さんの主治医と担当のケースワーカーにあって、吉野さんのことを話し、相談しました。病院としてもたいへん心を痛めているらしいことは判りました。ただここでも、充分有効には対応できないでいるようでした。

私はそのご被爆者の団体のある人をたずねて、吉野さんのことを相談してみました。

この過程で、私はなん人かの人に、吉野さんの話の録音テープをあずけ、きいてみてくれるように頼みました。この録音さえきいてもらえれば、あの「姉さん」のことさえ知ってくれれば、人々はもっともっと一生懸命になって吉野さんの身のうえを心配してくれるにちがいない、私はそう思いこんでいました。吉野さんの録音がだれかにきかれたのかどうか、私には判りません。とにかくテープは、私の手元にかえってきました。私にはあれほどの感銘を与えた吉野さんの録音テープが、私以外の人々にはあまり関心をもたれないことが、私にもやっと判ってきました。私の関心をこれほど惹きつける「被爆者の声」が、人々には、暗い、陰気なだけのもの、もしきかずにすますことができるのなら、そうしたいもの、と考えられているらしいことが、私にもようやく判ってきました。

私は横浜市内で職場をみつけ、働きはじめました。そしてぼつぼつ、神奈川県内の被爆者の体験の収録をはじめました。秋以後しだいに身体が弱くなって、翌年の一月から三月にかけて、四〇数日間入院しました。ベッドに横たわって、自分が持っている生命の力のこと、その生命に四〇年のではなく、三〇億年の歴史があることを、つくづく考えました。病気を機会に退職して、約二〇日間旅行して北陸の被爆者を訪ねました。

若狭の古いお寺に泊めていただいて、生涯、二度とみることはないだろうと思えるような蛍の乱舞に出会いました。

その年、一九七六(昭和五一)年のことです。八月でした。

「核兵器全面禁止国際協定締結・核兵器使用禁止の諸措置の実現を国連に要請する国民

代表団派遣中央実行委員会」という団体によって、「広島・長崎の原爆被害とその後遺――国連事務総長への報告――」という文書が作成されました。

前年の一二月、日本からの「国民代表団」がワルトハイム国連事務総長と会見して、国連が核兵器全面禁止国際協定締結促進の決議を行なうこと、など四項目を要請しました。七七(昭和五二)年の国際非政府組織によるシンポジウムへと発展していった、大きな行動の一部でした。その際、シェフチェンコ事務次長と「国民代表団」とのあいだで懇談会が持たれ、原爆被爆の実相と被爆者の実情を国際的に普及するため「国民代表団」が提出することを約束したのが、この報告書です。

あとがきによればこの文書は、七人の専門家によって作成され、日本被団協、民医連、日本原水協などが協力したということです。

なにかの用事で東京の被爆者の会の事務所を訪れたとき、二〇ページの小さなパンフレットに印刷されたこの報告書を私は手に入れました。そしてぱらぱらとページをめくって、「原爆被爆者の三〇年――事例研究」「事例四」として、「長崎・男・四一歳　被爆当時・小学生・後遺に苦しむ」とある部分を一読して、文字どおり、目をむきました。

以下にその全文を掲げます。

「星野恵二さん(仮名)は当時まだ一〇歳で、長崎市城山町に住んでいた。国民学校の五年生だった星野さんは、その日の朝、空襲警報が出ていたため(長崎地区午前七時五〇分発令、同八時三〇分解除)、学校から帰って、横穴式防空壕の前で遊んでいた。その時、原爆が炸裂。右耳に外傷を負ったほかは、かすり傷の程度であった。爆心から〇・九㎞にあった城山町の家は原爆で全焼していた。当時警察官であった父と、小学校教師であった母は、それぞれ勤めに出ており、兄(当時一五歳)は福岡に住み、一番上の妹(六歳)は疎開していたため、幸い家には誰もいなかった(星野さんには、ほかに弟ともうひとりの妹がいたが、それぞれ原爆の一年前と半年前に病死している)。

家が全焼してしまったうえに、父と母が家にもどってこなかったため、星野さんは両親をさがして歩きまわった。被爆後三日目ごろから全身倦怠にみまわれ、鼻血、血便が出たため、救護所にはいったり、野宿したり、寺に泊ったり、転々とした。こうして、星野さんが無事であった両親と再会したのは、約一ヶ月後のことであった。ちょうど近所の人とめぐりあって、両親のもとに連れていってもらったのである。

その年の末、星野さん一家は、父を残して、父の実家がある福岡に転居した。父は警察をやめて商売を始めたが、うまくいかず、親類の援助で何とか生活することができた。

その後星野さんは一九五三年に福岡の県立高校を卒業したが、体の具合が悪いため、就職せずに、鶏を飼いながらブラブラしていた。久留米医大付属病院に二ヶ月ほど入院したが、特に病名はつかなかった。この間、大学を卒業して大きな企業に勤めた兄が一家の生計を支え、弟の面倒をみてきた。しかし、一九五六年に母を肺結核で、一九五一年に父を白血病で亡くした後、生活上の問題で兄といさかいがあり、生活をみてくれる人がいなくなったため、星野さんは公共職業安定所の紹介で、神戸に行き、神戸製鋼所の下請会社に工員として就職することにした。そこは一週間交替の昼夜勤務で、高熱とガスが充満するひどい労働条件であったため、体をこわして八ヶ月ほどでやめ、ある飼料会社にかわった。そこは前より仕事は楽だったが、小さな会社で残業が多かった。

その頃、神戸医大付属病院で再生不良性貧血と診断されて入院し、保存血輸血で血清肝炎になり、黄疸、腹水、意識障害、腎障害をひき起した。点滴を続けてようやく軽快に向ったが、一九六一年、会社から退職をせまられて、病院の方も希望退院した。入院中、医師から被爆者手帳をとるようにすすめられたが、就職にさしつかえることを恐れてとらなかった。

星野さんは、それから、大阪の枚方市で養鶏場の手伝い(六ヶ月)、京都で調理場の手伝い(一年間)をし、一九六三年には上京して、浅草の寿司屋(二〜三ヶ月)や食堂(一年)に住みこみで働くなど、職を求めて転々とした。しかし、悪寒、微熱、倦怠感があって体力が続かず、簡易旅館や一時保護所暮らしをしながら、体の調子の良い日は日雇いに出るという毎日をおくるようになった。この間、被爆者であることを隠して、あちこちの病院で受診し、慢性胃炎や白血球減少症(一時、紫斑が出た)などと診断され、投薬と注射を受けている。こうして働けなくなった星野さんは、一九六四年、生活保護を受けることにした。

一九六六年二月、とうとう被爆者手帳をとった星野さんは、その年末以来、今日まで、代々木病院に三回入院し、一九七〇年には慢性肝機能障害と副腎皮質機能低下症を理由として認定患者になった。星野さんの病気は、現在、このほかに無力症候群、不安神経症、末梢循環障害などがあり、体のバランスをいったん崩すと、実に三七種類もの全身にわたる疾病があらわれる。また、ジュースのカンに毒薬を注入されたとか、致死量以上に薬をのまされたとかいう被害妄想や、誰かに尾行されていると思いこむような神経症状があり、入院中、同室の患者や看護婦、医師との間でよくトラブルをおこした。そのため、一九六九年から約一年、精神科の病院に入院した。そこの開放病棟で作業療法を受けて、星野さんは患者自治会の活動に積極的に参加するほどに落ちつきをえたが、一九七四年の代々木病院での三度目の入院時には、再び同じようなトラブルをおこした。現在は、その病院の内科と神経科医および精神科のリハビリセンター、三者の指導を受けながら、一日二〜三時間程度の軽作業(清掃など)をして働いている。星野さんは、経済的に楽になるというので働くことを望んでおり、働いている時は生活のリズムが崩れないためか、精神的な安定をとりもどしつつある。

星野さんは父母を亡くし、兄とケンカ別れをして以来、兄から『絶対、妹たち――一九四八年にもう一人妹が生まれている――と連絡をとったらダメだ。おまえのようなのがいると判ると、子供たちにまで迷惑がかかる』と言われて、肉親との交流を断たれている。そして、病弱な体と遺伝のことを考えて、結婚も諦め、東京でひとりアパート住まいを続けている。その寂しさをまぎらそうとしてか、星野さんは今、音楽を聞くことを唯一の楽しみにして、生きている。」

――この文章を読んだときの、私の驚きがお判りいただけるでしょうか。私は唖然として声をのみました。

この文章の星野恵二さん(仮名)が、吉野啓二そのひとであることは九九パーセント、間違いありますまい。これを書いた人がだれかも、私にはおおよそ判りました。その人が自分の想像や創作でこういう文章を書くはずがありませんから、吉野さんはこのとおりのものとして、自分の過去を語ったのでしょう。それが「広島・長崎の原爆被害とその後遺」の一部として国連事務総長へ報告され、「原爆被害の実相と被爆者の実情を国際的に普及するため」利用されることも承知だったにちがいありません。

いったい、吉野さんはどういうつもりで、こんな話をしたのでしょう。

いや、この話がほんとうなのでしょうか。

そうとすれば、四年近くまえ、録音され、やがては人々にきかれることを承認したうえで、三日間にわたって涙や笑いで語ったあの被爆者体験とは、いったいぜんたいなになのでしょうか。吉野さんはこの文章が私の眼に触れ、それが自分であることに気づかれ、私を驚かせる可能性を考えなかったのでしょうか。

このときはじめて、私は四年近くまえ、吉野さんから話をきき終ったとき心をかすめたかすかな危惧、この話はほんとうだろうか、という疑いを、大きく、現実のものとして考えなければならなくなりました。

吉野さんにあって直接疑問をぶつけるような方法はとるわけにいかないでしょう。とつても無益でしょう。それに吉野さんはあいかわらず危険な精神状態にあるかもしれません。それ以外の方法で、吉野さんが話したことがどれだけの真実性を持っているのか、客観的に知る方法はないでしょうか。

そのとき、私は考えました。

いや、その方法を考えたのではなくて、被爆者が話したことの内容に一歩踏みこんで、その「真実性」を探究してよいものかどうかを考えました。

被爆者にそれぞれの被爆体験、被爆者体験を話してもらい、当事者の肉声という特別の方法で、それを自分たち以後の世代に伝え、核兵器と被爆した人間の問題を考えてもらおう、というのが私たちの作業の目的です。犯罪の容疑者をとりしらべる検察官、社会的不正義を働いた疑いがある権力者や公職者を追及するジャーナリスト、こういう人々と同じ立場で、被爆者という対象と、あい対しているわけではありません。

被爆体験、被爆者体験は、全体としては大きな公的な体験、人類にとっての歴史的な体験です。しかしその部分ひとつひとつを構成する被爆者ひとりひとりの体験は、そのときの職業や立場によって、部分的に公的な性格を持つことがあるにしても、大むねは、いわばプライバシーに属する個人的な体験としての性格を持っています。それもほとんどの人にとっては、悲しい、苦悩に満ちた、このんでは触れたくない体験です。

そのプライバシー、個人的な体験が、全体としては、巨大な公的性格を持つことを被爆者が理解し、事実をありのままに語ってくれるよう、私は期待はします。しかしそれを要求するすじあいではないでしょう。

被爆者が事実をかくしたり、事実をかえて語ったりすることがあったとしても、その責任は第一に私たちのこの作業の方法が負わなければならないでしょう。そして第二に、そうしなければならなく被爆者にさせている、社会の条件に私たちは注目しなければならないでしょう。第三にそのことと、その人が被爆したこととの関係に、深い関心をいだかねばならないでしょう。被爆者が事実をかくしたりいつわったりすることがあるとしても、その事実を追求したり、あばいたりする権利は、だれにもないでしょう。

しかしここで、その被爆者の話を、第三者に伝えるということになると、話はすこしちがってきます。そのとき、私には、その話が大すじにおいては事実に近い、すくなくとも大きく事実をいつわったものではない、ということくらいは保証する責任が、生じるでしょう。

もともとこの録音は、いつの日か、第三者にきいてもらうことを前提として話してもらうのです。ですからその責任は、さいしょから私にはあるわけです。しかし私はその責任を、一般の報道、取材の場合のように、発言の裏付けをとる、いわゆるウラをとる、という方法ではたすわけにはいきません。被爆当時の、被爆直後のその人の行動について、裏付けをとる方法があるでしょうか。それは被爆者にきくほかに知る方法がないから、被爆者にきくのです。被爆者が語るその後の生活史が、事実であるかないかを客観的にたしかめる方法が私にあるでしょうか。またたしかめようと試みてよいものでしょうか。それは被爆者がかくしたかったこと、知られたくなかったことを、私が知ってしまうことにならないでしょうか。

厳密にいえば私が第三者にたいして責任をもって報告できるのは、「被爆後二〇何年、三〇何年かたって、自分が被爆者にこのように質問したことに対して、被爆者はこのように答えた」という、その事実だけです。

その内容が正真の事実であるかないかまでは、厳密には、私には保証できません。

結局私は、被爆者は大むねほんとうのことを話してくれるだろう、すくなくとも事実をまったく作りかえて話すことはないだろう、という常識に、第三者への責任を肩がわりさせるほかありません。この方法にそれほどの不都合もないように、それまでは考えてきました。話の内容の「真実性」にまで、自分がたちいってせんさくすべきではない。またせんさくする必要もない。それが、これまでの結論でした。

この常識、この結論に大きな疑いが生まれてきました。それが吉野さんのケースでした。吉野さんの話に深く心を動かされ、この話をたくさんの人々にきいてほしい、私の感銘を多くの人々のものにしてほしいと願いながら、いっぽうではその話の内容の真実性に、大きな疑いが生まれてきました。

こうなれば、これまでのタブーを破って、客観的な裏付けをさがしてみるほかはない。第三者にたいする責任を、そういう方法ではたすほかはない。

私はそう考えました。

――いや、私はやはり弁解しているのかもしれません。第三者にたいする責任をもちだして、自分のほんとうの心を隠そうとしているのかもしれません。吉野さんの話の裏付けをとってみようと決めた私のそのときのいちばん正直な気持は、いったい、ほんとうのところはどうなっているんだろう、このふたつの吉野さんの話のうち、どちらがほんとうなんだろうという、好奇心だったということを、告白しないわけにはいきません。

ふたつの話のうちのどちらかは、明らかに故意の作り話でしかないのですが、いや、ふたつのうちのひとつは、必ず正真の事実であるという保証もないのですが、被爆者にたいして、人間と原子爆弾との関係にたいして、深い関心をいだいてきた私は、その作り話をした吉野さんの心と、吉野さんが被爆したこととの関係に、異常に惹かれるものを感じました。そこに、人間と被爆との関係の秘密を解き明かす、ひとつの鍵がひそんでいるように感じたのです。

それから私は吉野さんにたいして、あまり公正ではない行動をとりました。

吉野さんが住んでいる場所を受け持つ区役所の出張所にいって、吉野さんの住民票の写しを出してもらいました。いうまでもなく、吉野さんの本籍地を知るためです。

福岡県浮羽郡吉井町大字×× ○○番地
これが吉野さんの本籍地でした。「国連事務総長への報告」にあったとおり、福岡県でした。
秋、私は福岡にむかいました。

## 九州へ

福岡県の南部から佐賀県の東部にかけてひろがる筑後平野の東北の一角に久留米市があります。ここから列車を久大線に乗りかえて、筑後川ぞいを東へ四〇分もさかのぼると、ぶどうの産地で知られる田主丸につきます。その次の町が浮羽郡吉井町です。筑後川流域もここまでくると南北ともしだいに山がせまって山峡の感じになってきます。そのまま汽車でまた四〇分もいけば、山のなかの水郷日田につきます。

晴れた日でした。澄んだ秋空をバックに、いく十ともしれぬ赤い柿の実が、陽をうけて輝いていました。黄金色にみのった田のあぜをにょろにょろと這っていく蛇。クリークの豊かな水量。ひさしぶりに田舎の自然のなかにやってきた私には、どれもが新鮮にみえました。

「筑後川の流れ蛟竜の如く北境を繞るのほとり、土地沃饒、気候温和、而かも風光明媚で五穀豊穣なる地域は実に我が浮羽郡である。」

「本村は郡の中央筑後川の南岸に沿へる一大部落で、地勢頗る平坦、水利灌漑の便意の如く地味亦肥沃である。

産物の重なるものは米八千百二十四石、麦七千五百五十六石、粟一千石の外、菜種、煙草等である。」

「村民十中八は農をもって本業とし、よく農事の改良に努めている。」

そのご福岡市立図書館でみつけた、大正四年、浮羽郡編さんの「浮羽郡案内」にこうあります。吉野さんの風貌の印象から、車中で想像していた山あいの寒村というイメージとは遠い、豊かな農村でした。

その日は川添いの原鶴温泉に一泊して、翌日私は吉井町役場の住民課の窓口の前にたちました。

吉野さんの本籍と氏名を用紙に記入し、前戸主の名前は吉野竹蔵、または竹三だとして、私は戸籍謄本を請求しました。戸籍閲覧についての法律が改正される直前で、私が本人か、本人の依頼をうけたものであるという証明は求められませんでした。戸籍係の若い女性が謄本を持ってきたときは、私の胸はさすがに騒ぎました。

――これでほんとうのことが判るだろう。

しかしうけとると意外にも一ページだけの謄本です。

まず吉野さんの本籍、氏名が書いてあって、出生は昭和九年壱月壱日です。
両親の欄に
父　加藤　甫
母　やよひ
とあります。吉野さんの続柄は弐男とされています。その欄の横に書きたしがあって、
養母　吉野きくの　続柄　養子　とあります。
次に記事があって
「吉野きくのの養子となる縁組養母及び縁組承諾者加藤甫同人妻やよひ届出昭和拾八年七月弐日受附三潴郡犬塚村大字××〇〇番地の加藤甫戸籍より入籍」
と書いてあります。
一ページの謄本に記入されているのはこれだけで、ほかには
「昭和参拾弐年法務省令第二十七号により昭和参拾参年四月壱日改製につき昭和参拾五年参月弐日本戸籍編製」
と、ゴム印がおしてあるだけです。
吉野さんの生年月日は私に語った日付より一年前でした。吉野さんは自分で語っているより、実際はもっと若いのかもしれない。つまりもっと幼いころに被爆した人なのかもしれないという、私の想像はあたっていませんでした。吉野さんは私に話した年齢より、実

際はもうひとつ、年長でした。つまりふつうだったら、被爆のとき、国民学校六年生になっていた年齢です。「国連事務総長への報告」にも、当時一〇歳とありますから、吉野さんはここでも、昭和一〇年生まれだといったのかもしれません。

吉野さんは意外にも被爆の二年前に、加藤家から養子にだされ、吉野姓となった人でした。しかしこの養母の吉野きくのさんとはどういう人でしょうか。加藤甫さん、やよひさんとはどういう関係にあたるのでしょうか。この人々はどこかに現存しているのでしょうか。それとも被爆で亡くなったのでしょうか。「国連事務総長への報告」にあるように、被爆後なん年かのちに亡くなったのでしょうか。

この謄本ではなにも判りません。

私はその戸籍係の若い女性に質問しました。

きっとその年の春に高等学校を卒業して役場に就職したらしい、その若い娘さんは私から謄本をうけとって、

「これはですね」

と説明をしかけたのですが、「甫」という名前が珍しかったのでしょうか、そこへ目をとめると
「アリャア、コラ何テ読ムッチャロカ?」

と小さなとまどいの声をあげました。

ひさしぶりに九州に帰った私には、それは実になつかしい故郷の言葉でした。吉野さんの娘さんの説明によって、昭和三三年の法務省令によって改正される以前の、吉野さんの原戸籍の謄本を私は出してもらいました。

それによってさらに次のことが、私に判りました。個条書きにしてみます。

一、吉野さんの母方の祖父母は浮羽郡××村××(いまの浮羽郡吉井町××)を本籍地とし、名を吉野竹三郎、シノということ。

二、夫妻にはやよひ(明治四〇年三月生まれ)、きくの(大正二年一〇月生まれ)というふたりの娘があったこと。

三、大正一三年九月、やよひが一七歳、きくのが一〇歳のとき「親権ヲ行フ者ナキ」状態になったこと。

四、やよひが二〇歳になった昭和二年三月に、新たにやよひを戸主とする戸籍が作られたこと。

五、昭和七年四月、「やよひ隠居ニ因リ」新たにきくのが戸主となったこと。

六、昭和一八年七月、きくのは加藤甫、やよひ夫妻の次男、啓二を養子にしたこと。

七、同年八月、「きくの隠居ニ因リ」啓二(このとき九歳)が戸主となったこと。

八、同じ月、きくのは長崎市炉粕町を本籍地とする佐川正之との婚姻届を小倉市長に出し、生家の戸籍から除かれたこと。

以上です。

つまり吉野さんは福岡県三潴《みづま》郡犬塚村を本籍地とする加藤甫、やよひさん夫妻の次男として生まれ、被爆の二年前、九歳のときに母の妹の養子となりました。そして翌月にはその養母が小倉市で結婚したため、吉野さんが戸主となったのです。

生母の名をやよひという点だけは、吉野さんの話どおりでした。しかしその人の名は吉野やよひではなく加藤やよひでした。

また父の名は吉野竹蔵でも竹三でもなく、加藤甫という人でした。ただ、母方の祖父に吉野竹三郎という人がいました。

いったい、九歳で戸主となった吉野さんを、そのご養育したのはだれでしょうか。吉野さんは養母きくのさんといっしょに、佐川正之氏にひきとられて育てられたのでしょうか。

それとも叔母の養子にはなったが、あいかわらず実家にいて、もとどおり生父母に育てられたのでしょうか。

それとも実家を出て、養母のもとにもいかず、戸籍にはかかわりのない、第三者の家庭にひきとられたのでしょうか。

それから二年後、吉野さんが被爆したときに、いっしょに暮らしていた人たちがいったいだれであったか、これはそこに、直接つながっていく問題です。

養子に出された吉野さんが、その後母方の祖父、竹三郎さんにひきとられ、育てられた可能性も、私は考えてみました。しかし大正一三年九月の「親権ヲ行フ者ナキニ因リ」という記事によると、その可能性はなさそうです。やよひ、きくのさんの姉妹は、このとき、孤児になったようです。

改製前の原戸籍によって、これだけのことは判りました。しかしこの加藤甫・やよひさん夫妻、佐川正之・きくのさん夫妻の生死はどうなっているのでしょうか。だいいち、原子爆弾で亡くなった吉野さんの兄、姉たち、そしてあの「姉さん」は、戸籍のどの部分に隠されているのでしょう。

まだ、判らないことばかりです。

私はそれから久留米市にひきかえしました。

久留米から西南は、一望、ひろびろと広がる筑後平野です。筑後川の蛇行にそって、クリークと灌木が点綴するいがい、みわたすかぎり水田が続いています。西鉄大牟田線は、その黄金色の実りのなかを、まっすぐ、南へ伸びています。三潴郡はその筑後平野のまんなかといってよい場所に位置していました。

私は吉野さんの父方の本籍地である、三潴郡犬塚村、現在の三潴郡三潴町の役場をたずね、ここで吉野さんの生父である、加藤甫さんの戸籍謄本を出してもらいました。そのあと長崎に帰って、長崎市役所で養母きくのさんの嫁入りさきである、佐川正之氏の戸籍謄本をみせてもらいました。

その結果判ったことは次のとおりです。

すこし煩雑ですが、時間の経過をおって、加藤家、佐川家の両方について書いてみます。

《加藤家の歴史》

(1) 明治三七年一一月、加藤甫さんが三潴郡犬塚村で生まれました。長男です。

(2) 昭和六年、加藤甫さん(二六歳)とやよひさん(二四歳)の長男、純一さんが犬塚村で生まれました。吉野さんのお兄さんです。

(3) 翌年やよひさんは「隠居」して、吉野家の家督を妹きくのさんが相続し、加藤甫、やよひさんの婚姻届がだされました。

(4) 昭和九年一月一日、久留米市荘島町で二男、啓二さんが生まれました。

(5) 昭和一四年三月、おなじ場所で長女和子さんが生まれました。吉野さんの妹です。

(6) 昭和一八年一月、久留米市梅満町で三男、礼三さんが生まれましたが、翌月、同市原古賀町で死去しました。

(7) この年七月、啓二さん(九歳)が、吉野きくのさんの養子となる届出がされました。翌月、きくのさんの「隠居」が小倉区裁に許可され、啓二さんが吉野姓を継いで戸主となりました。

(8) 翌月、きくのさんと佐川正之氏との婚姻届が小倉市長にだされました。

(9)　昭和一九年五月、久留米市梅満町で次女、幸子さんが生まれました。
(10)　幸子さんは翌年五月一二日、直方市大字感田で死去、加藤甫さんが直方市長に届出ました。
(11)　昭和二三年八月、本籍地である三潴町××(もとの犬塚村××)で三女良子さんが生まれました。
(12)　昭和三〇年一月二七日、久留米市国分町でやよひさんが死去しました。四七歳でした。この時吉野さんは二一歳です。
(13)　昭和三三年、加藤甫さんは再婚しました。相手も再婚で、一三歳の女の子を連れていました。
(14)　昭和三四年一月、加藤甫さんが三潴郡大木町で死去しました。五四歳でした。
このときの遺児たちの年齢を調べると、
兄の純一さんが二七歳
吉野さんが二五歳
妹たちは一九歳と一一歳
義妹が一四歳でした。
(15)　翌年一二月、兄、純一さんの婚姻届が長崎市長に出されました。このとき純一さん二九歳、相手はおなじ三潴郡の人で二歳年下でした。

⒃ この兄夫妻のあいだに、長崎市の城山町と東京近郊で二児が生まれています。
⒄ 妹たちは二三歳と二二歳でそれぞれ結婚し、父の後妻も五年後再婚しました。
以上が、戸籍に記された加藤家の二世代にわたる歴史です。

《佐川家の歴史》

(1) 加藤家の⑻と重複しますが、
昭和一八年八月、佐川正之さん(三八歳)と、吉野きくのさん(三〇歳)の婚姻届が小倉市長に出されました。きくのさんは初婚、佐川正之氏は再婚で、長女五歳と長男三歳四ヵ月がありました。
(2) 二ヵ月後きくのさんは小倉市富野町で、二人にとっての長女、早苗さんを出産しました。
(3) 昭和二一年九月、長男が浮羽郡吉井町で死去しました。六歳でした。
(4) 長女は二二歳で、早苗さんは二三歳で結婚し、それぞれ他家へ籍をうつしました。
(5) 昭和三〇年四月、佐川正之氏の本籍が長崎市炉粕町から小倉市下到津にうつされました。
(6) なお佐川正之氏は長崎市炉粕町生まれで、二人の兄と一人の妹がいましたが、次兄の子の出生地

妹のとつぎ先
前妻の死亡地
長女、次女の出生地
母の死亡地
長兄の再婚のときの居住地、相手の出身地

など、ことごとく小倉市です。

つまりこの一家は昭和のはじめごろから長崎市を離れて、長く小倉市に住みついていたことが判ります。そしてさいごに、本籍地を小倉市にうつしています。

以上、戸籍に記されたふたつの家族の歴史から、明らかとなったのはなんでしょうか。

この文章を読んでくださっているあなたは、どんな感想を持たれたでしょうか。

昭和一八年、叔母の養子となった吉野さんが、そのごどの家族といっしょに住んでいたのか——そのことは原子爆弾に被爆したとき、吉野さんがだれたちといっしょに暮らしていたかということになるのですが、私はまずそれを考えました。そしてそれは養母の家族ではなく、生父母の家族であったにちがいない、と結論しました。

その理由は加藤家の歴史の⑺、⑻と、佐川家の歴史の⑴、⑵をつなぎあわせて考えると判ります。

吉野さんの養母きくのさんは、九歳の吉野さんを養子にもらい、その翌月には戸主を吉野さんにゆずって結婚し、二ヵ月後には出産しています。

これはたいへん不自然なことです。すでに妊娠した女性が養子をもらい、そのあとで先妻の子が二人いる家庭に入る、というようなことがあるでしょうか。

そこでこの経過は、逆に読みとることによって解明できそうです。きくのさんは佐川氏とかねて交際があったのでしょう。一〇歳で孤児となり、三〇歳ではじめて結婚の機会にめぐまれたきくのさんは、たいへん苦労をしてきた人のように私には思われます。

そのうちに妊娠し、出産が迫ってきたため、佐川氏との結婚を届出る必要にせまられたのでしょう。ところが結婚して、自分が夫の籍に入ってしまうと、吉野の名前がとだえてしまうのです。

きくのさんはそこで姉のやよひさんと相談し、むろん加藤甫さんの同意を得て、姉夫妻の二人の男の子のうち二男に吉野の名前を継がせて、吉野家の先祖のまつりをさせることにしたのではないでしょうか。このことは、男の兄弟を持たなかった姉妹の、かねてからの約束ごとだったかもしれません。きくのさんはそのうえで佐川氏との婚姻届を出し、まもなく出産したのでしょう。

したがって吉野さんと、叔母きくのさんとの養子縁組は戸籍上のことで、吉野さんは姓がかわったあとも、実家の家族といっしょにくらしていたにちがいない、私はそう考えました。

吉野さんのふた種類の身の上話と、この戸籍によって確かめられることとの関係を、つぎに私は考えてみました。

そしてこのように結論するほかありませんでした。

私に語った身の上話が正真の事実であれば、この身の上話を私に語ったあの人は、吉野啓二ではありえない、と。

もしあの人がまちがいなく吉野啓二という人であれば、私に語った、あの被爆体験の重要な部分のほとんどが、虚構だ、作り話だ、と。

第一の場合について、私はまず考えてみました。その場合、私にあの身の上話をしてくれたあの人は、吉野啓二という人ではありえません。

かりにその人の名をXさんとするなら、Xさんは兄弟の多い家庭の末子として、長崎市城山町に住んでいました。Xさんの両親は八月九日、被爆して亡くなり、兄姉はひとりの姉をのぞいて行方不明になりました。

Xさんは私に語ったとおり、被爆直後から一五年間入院生活を送り、その間、ただひとりの生きのこりだった「姉さん」も、白血病で亡くなります。

Xさんは退院後、私には判らないなにかの事情で、福岡県浮羽郡吉井町を本籍地に持ち、加藤甫・やよひさん夫妻の二男である、吉野啓二さんを名のるようになります。

Xさんの本名をなんというのか、被爆死した両親や「姉さん」の名前がなんというのかは、判りません。が、Xさんはその身の上話を私に語ったとき、吉野啓二さんの戸籍のなかから、父の名には吉野さんの母方の祖父の名前の一部を借り、母の名は吉野啓二さんの生母の名をそのまま借りたのかもしれません。「姉さん」の名はほんとうに早苗だったのかもしれませんが、ひょっとすると養母の長女の名前を、借りたのかもしれません。

Xさんは私たちには判らないなにかの事情で吉野啓二さんを名のってはいるけれども、私にたいしては、Xさんとしての自分の、正真の身の上話を語ったことになります。

一方、「国連事務総長への報告」にたいしては、吉野啓二さんの戸籍上の身の上とは矛盾しない被爆体験を作りだして、語ったことになります。

ここで語られたXさんの作り話は、戸籍によって確認できる吉野啓二さんの身の上と、(父、母が亡くなった年を別にすれば)たいへんよく合致しています。すくなくとも大きくは矛盾していません。この話のなかで、Xさんは父が亡くなった年を実際より八年早く、母が亡くなった年を実際より一年おそく語っていますが、これはちょっとした勘ちがいかもしれません。または誤植かもしれません。

Xさんはこのようにくわしく、吉野啓二さんの本籍地の番地や、母方の祖父の名や、母の名、養母の娘の名、被爆前に幼い弟や妹が亡くなったこと、戦後に妹が生まれ、兄が現存していることまで知っているのですから、よくよく、吉野啓二さんの家族のことを知りうる立場にある人に違いありません。

加藤家、佐川家の戸籍謄本のなかから、Xさんが持っていなければならない条件にあう人を私はさがしてみました。しかしすくなくともこれらの謄本のなかから、それらの条件をみたす人、そのような境遇に似た人を、みつけだすことはできませんでした。

それともXさんは吉野啓二さんとごく親しい友人で、その家族のことをよくよくきいたことがある人なのでしょうか。または私がしたように、吉野啓二さんと加藤家、佐川家の戸籍謄本を二県にまたがる三市町からとりよせて、吉野啓二さんの家族関係を学習し暗記し、吉野さんの被爆体験を創作し、「国連事務総長への報告」に語ったのでしょうか。

Xさんには、なぜそんなことをする必要があったのでしょう。そしてほんとうの吉野啓二さんはどこにいるのでしょうか。

第二の仮定の場合――私にあの身の上話を語った人が、まちがいなく、この戸籍謄本に記された、吉野啓二さんである場合のことを次に私は考えてみました。

その場合は、私に語ったあの身の上話の重要な部分のほとんどが、作り話だったということになります。

兄、姉がたくさんいた、ということも作り話なら、八月九日、壕の入口で母が死んだというのも作り話ということになります。母は一九五五(昭和三〇)年まで生存していました。そして吉野さんは、母が死んだときの情景についての作り話を、録音の二日目に、自分で希望してもういちどしたということになります。

三菱造船幸町工場の焼跡で父の遺体がみつかった、それを父とは信じられなかった、いまでも信じられない、というのも作り話ということになります。父は一九五九(昭和三四)年まで生存していました。吉野さんはこの作り話を私にたいして口で語っただけでなく、くり返し、手紙にも書きしるして私に送ってくれたことになります。

被爆によって多くの兄、姉が行方不明になったというのも作り話ということになります。兄はひとりしかいず、現存しており、姉はさいしょからひとりもいませんでした。

この戸籍謄本をみて私が驚倒したのは、加藤家、佐川家のいずれをさがしても、私にとってあのように印象深い存在だった「姉さん」が、どこにもいないということでした。

「姉さん」もまた、吉野さんが作りだした虚構の存在なのでしょうか。

そうだとすると、吉野さんが語った、あの病院生活の印象深い情景《シーン》のひとつひとつが、ことごとく作り話だったということになります。吉野さんは被爆直後の八月一五日、「姉さん」が救護所にたずねてきて、自分の枕元においていた両親の遺骨箱にしがみついて泣いた、と語りました。そのとき、思わず涙声になりました。いたはずのない姉が、あったはずのない両親の遺骨箱にしがみつく光景を想像して、吉野さんは泣いたのでしょうか。

「姉さん」の生涯をふりかえって、どんな気持をもつか、と私が質問したのにたいして、吉野さんは
「その質問はあまりに残酷すぎます。」

といって、泣くまいとして声をふるわせながら、一身をなげうって自分をまもってくれた姉を亡くした胸の痛みと、わがままをいってその姉を苦しめた悔いを、かきくどくように語りました。吉野さんは空想上の「姉さん」の生涯を痛恨して、あのように感情を高ぶらせたのでしょうか。

なん年もまえに、はじめて吉野さんにあった夕方のことを、私は思い返さずにはいられませんでした。

吉野さんが私たちの作業の試みの意図を実に素早く理解し、話をしてほしいという私の要請をうけ入れたことを、この文章のさいしょに私は書きました。それからまた、被爆して亡くなった家族があるのだろうか、と私が質問したのにたいして、吉野さんが、両親、兄姉のことごとくが被爆死した、と答えたことも記しました。

あの夕方、あの会場で、私のような男にあい、そのような要請をうけるということは、吉野さんはまったく予期していなかったと私は思います。吉野さんはそのときとっさに、作り話を思いついたのでしょうか。そして私の三度の訪問に先だって、その日に話すべき作り話の筋や情景《シーン》を考え、私を待ったのでしょうか。

それともこの作り話は、私にあうずっといぜんから、吉野さんの心のなかには作りあげられていたのでしょうか。

吉野さんにはじめてあったあの夕方、吉野さんに「長崎市役所につとめている吉野さんは、親戚かなにかではないのか」と自分が問い、二度目にあったとき、「それが行方不明になった自分の兄ではないかと考えて、一晩ねむれなかった」と吉野さんからきかされ、たいへん恐縮したことを、私は思いおこさずにはいられません。

もし彼がほんとうにあの戸籍の吉野さんと同一人物であるのなら、兄はひとりしかいず、現存しているのですから、吉野さんのこの言葉もまた、まったくの作り話だったと断ずるほかはありません。

吉野さんの話がほかのどのような人々の話よりもリアルで豊かな情景《シーン》に満ち、「姉さん」という最も印象的な登場人物をもち、そのゆえにほかのどのような人々の話よりも私を感銘させたということを、私はこれまで書いてきました。その話の重要な部分がほとんど作り話であったとするなら、この自分の作業を、私はどう考えたらよいのでしょうか。いく百の真実の話よりも、ひとつの作り話が深く私を感銘させたとするなら、私を訪ねてきた、小説を書く、あの女性の

「被爆者の話をきいて小説を書くのがいやになった」

という言葉は、いったいどのような意味をもってくるのでしょうか。

人間らしく生き死にするための条件を、原子爆弾から最も厳しく奪われたために、人間らしく生きていこうとする営みのひとつひとつが、とりもなおさず、原子爆弾を否定し返す営みとなるほかはなかった、その否定し返す営みの頂点として、社会変革の意志に到達した、ということも、この点で、吉野さんの話がほかのどのような人々の話よりも自分を感動させた、ということも、私はこれまでくり返し書いてきました。吉野さんの話によって、それまで判らなかった原子爆弾と人間との関係のもうひとつの側面を、私は教えられました。吉野さんにあのような話をしてもらった経験に導かれて、自分の作業を進め、吉野さんが語ったその半生の物語の上に、自分なりの被爆者論を組みたててきました。

自分のその被爆者論の中心をなす、いわば鍵となる話が、その重要な部分において作り話であったとすれば、そのことをいったい私はどのように考えたらよいのでしょうか。

この戸籍謄本をみて実に疑問に思ったのは、加藤家、佐川家、このふたつの家族の歴史には、これらの家族が長崎市に、長崎市の城山町に住んでいたらしいことを推定させる記事が、どこにも発見できないということです。

加藤家の本籍地は父方、母方とも福岡県の筑後川流域です。両親は最初父の郷里でくらし、のち久留米市に住んで戦時中をすごしていたらしいことが、子供たちの出生の届出地によって判るのです。戦後三年目に父の郷里で妹が生まれており、一〇年日に久留米市で母が、一四年目に郷里近くの町で父が亡くなっています。一家は永く、久留米市とその周辺でくらしていたらしいのです。

この一家と、長崎市城山町とのつながりを感じさせるただひとつの例外は、吉野さんの兄と城山との関係です。それは兄の戸籍と、その附票に記入された居住地によって判るのです。

吉野さんの兄は一九六〇(昭和三五)年城山町一丁目に住み、その年結婚し、のち城山町で長男が生まれています。その後東京近郊に転居し二人目が生まれています。のち長崎市青山町(ここはもとの城山町一丁目にはいります)に帰り、私が吉野さんに会うまえの年に東京に帰って、首都圏に現存しています。

しかし、このひとと城山町との関係を示す記事は、すべて一九六〇(昭和三五)年以降のことで、原子爆弾が投下された前後に、この加藤一家が長崎市の城山町、というより、長崎市か、その近くに、住んでいたらしいことを示唆する記述は、すくなくとも戸籍にはひとつもありません。

これは佐川家にとっても同様です。

佐川家の本籍地は長崎市なのですが、それは城山町からは遠く離れた炉粕町でした。佐川家の戸籍からは、この一族がおそくとも昭和のはじめごろから現在まで、小倉市に住みついているらしいことがはっきりと読みとれます。しかしその間のある時期、長崎市やその近くに住んでいたらしいことを示唆する記事はどこにもみつかりません。

加藤家、佐川家の歴史のなかで私がとくにふしぎに感じるのは、加藤家の記事のなかの⑼⑽の項目です。

一九四四(昭和一九)年五月、つまり被爆の年の一年前に、吉野さんの妹が久留米市で生まれ、その子は一年後の一九四五(昭和二〇)年五月一二日、つまり原子爆弾が長崎に投下される三ヵ月たらずまえに、福岡県直方市感田で亡くなっています。記事によれば「同居ノ親族加藤甫」が、「直方市長ニ届出」ているのです。

このとき吉野さんの父、加藤甫さんは直方市に住んでいたのでしょうか。それとも生後一年の赤児を連れて、直方地方に旅行か、滞在か、していたのでしょうか。太平洋戦争最後のこの時期、前年まで長く久留米市に住んでいた当時四〇歳の男性が、筑豊の中心都市のひとつ、直方市にきていたとすれば、すぐに「炭鉱」「徴用」というふたつの言葉が浮かんできます。

長崎に原子爆弾が投下される、三ヵ月たらずまえのこのとき、吉野さんは父といっしょに直方市にいたのでしょうか。それとも久留米市にいたのでしょうか。

そして吉野さんの父は、一四歳の長男と六歳の長女を福岡県に残し、この日から八月九日までのあいだに、妻と一一歳になった二男の吉野さんだけを連れて、長崎市城山町に転居したのでしょうか。

それともまったく新しい可能性として、被爆の二年前養子に出された吉野さんは、養家にもいかず、生家にも残らず、そのときいらい城山町の家族の多い家庭の一員として育てられ、その人たちを父、母、姉さんと呼んでいたのでしょうか。そして私には、その正真の体験を語り、「国連事務総長への報告」には、生家の戸籍上の記録とは矛盾しない作り話を考えだして語ったのでしょうか。

——吉野さんのふたつの身の上話と、数通の戸籍謄本を材料にして、私はいまいく通りかの可能性を考えてみました。

この文章を読んでくださっているあなたは、どの想像が、真実に近い、とお考えになりますか。それとも私が考えつかなかった、第四、第五の可能性を考えられますか。

二種類の身の上話には共通している部分もあります。しかし、従ってその部分は真実だ、と判断できる材料もありません。

二種類の身の上話のどちらかは、すべて真実だ、と考える根拠もありません。またどちらかはすべて作り話だ、と考える根拠もありません。

歴史小説が史実と虚構をくみあわせて書かれ、そのたくみなくみあわせかたによってリアリティを獲得するように、吉野さんの話のなかには、「史実」と虚構が、複雑にからみあっているのかもしれません。

私は考えました。

――一五年の病院生活そのものも作り話だろうか。部分的にはほんとうなのだろうか。あの「姉さん」というのは、実は一九五五(昭和三〇)年に亡くなった母のことなのだろうか。

子供たちが遊ぶ姿をみて、どうしても歩きたい気持がおこり、ふとんをかかえてはベッドからころげ落ちて、這う練習をしたという、あの部分も作り話なのだろうか。それともあれだけは実際の体験なのだろうか。

あの印象的なクモの巣の話も作り話なのだろうか。それともあれは本当にあったことなのだろうか。

私は考えずにはいられません。

架空の「姉さん」を創りだし、あのように生き生きと活動させる力のある人は、ほかにどのような話を作り、情景《シーン》を描きだすこともできるでしょう。

私はさいごの疑問にたどりつかないわけにはいきません。

――この話のいちばん大事なところ、つまりこの話のドマンナカは大丈夫だろうか。

# 被爆太郎の誕生

一九七六(昭和五一)年の晩秋、私は自分の次の作業地を福岡県ときめ、福岡市に転居しました。吉野さんの本籍地であることとはむろん関係はありません。それまで広島での被爆者にかたよっていた収録リストに、長崎での被爆者をふやしていく方策のひとつでした。この年から私の作業に、新しくふたりの協力者があらわれました。忙しい生活のなかから、自分のお金と時間を割いて、この苦しい作業をともにやってみようという人たちでした。大阪と横浜に住んでいた協力者たちは、それぞれの地方の被爆者を、こつこつと訪ねはじめました。私の作業はこのときはじめて集団作業としての実態を持つようになりました。

私は福岡市で働きはじめました。新聞広告でみつけた時間給三五〇円の仕事でした。

午前六時半から九時半まで働きます。その間に朝食を食べさせてもらえます。九時半から夕方までが、被爆者を訪ねて録音を頼み、すでに頼んである人の録音を収録する時間です。午後七時、職場に帰って午後一一時まで働きます。仕事がすむと、夜食の弁当が支給されます。そのまま職場に泊りこんで、翌朝の労働をむかえます。最初の一ヵ月は一日も休まず、二ヵ月目から週に一回の休みをもらって、こんな生活を九ヵ月間続けました。博多駅の近くに借りた四畳半の部屋には、休みの日や、録音のない日に帰って、テープの整理をしたり、収録名簿を作ったりしました。この年と翌年は、大晦日の夜から元旦の朝まで働きました。お金がすこしたまったので、一〇ヵ月目に夜の仕事をやめさせてもらい、朝だけ働いて、それから筑豊地方に約三ヵ月間、筑後地方に約二ヵ月間、定期券を買ってかよいました。

結局福岡市に一年五ヵ月間滞在して、福岡県内で二〇〇人の被爆者の話を収録しました。収録した被爆者の合計は約八〇〇人になりました。

福岡にいた約一年半、道を歩きながら、バスを待つ間、職場で、列車のなかで、私はふっと吉野さんのことを思い出しては、考えにふけりました。

吉野さんとはじめてあった夕方のことを、くり返しくり返し、私は考えました。

二日目にアパートを訪問したとき、吉野さんが被爆のあの日のことを、わざわざもういちど話させてほしいと申し出た意味を考えました。

吉野さんが私にも「国連事務総長への報告」にも、その日、八月九日、学校に登校した、と語っていることがなにを意味しているかを考えました。

また吉野さんが、あの日の直後から長崎医大附属病院に収容されていたと語ったこと、その後手紙ではその話を多少訂正していることの意味を考えました。

筑豊の被爆者を訪ねてゆく過程で、私はなんども直方市を訪ねる機会を持ちました。感田というところは植えこみの多い、中級以上の住宅地でした。大きな病院がありました。

私はまた久留米市を訪ねる機会をもちました。吉野さんが生まれた荘島町や、その後住んでいたらしい梅満町を歩いてみました。久留米にも大きな空襲があって、荘島地区は被害が大きかったらしいことも知りました。

私はまた、吉野さんの言葉が、長崎育ちの私がきいても、長崎弁以外の方言にはきこえないことの意味を考えました。吉野さんの録音には、一ヵ所、「先生がみてある」と、福岡方言とも思われるところがあるのですが、それいがいの部分は、長崎弁としてきいてもすこしの違和感もありません。吉野さんの録音では、とくに方角を示す、そっちさん、稲佐んほうさんという、「さん」というなまりがしばしばくり返されています。久留米地方でもこのようないいかたをするのでしょうか。

吉野さんがたしかに長崎弁にきこえる言葉を使うことの意味を、私はくり返し考えました。長崎大学医学部の、実在の教授の名前を知っていることの意味を考えました。

かつて城山町に住んでいて被爆した婦人が東京にいるという話を私がしたとき、吉野さんが、「その人にはききたいことが山ほどある」といって、その婦人に熱心にあいたがったことの意味を、考えてみました。

すくなくとも吉野さんの両親は、被爆の直前の時期まで、福岡県にいたのではないかということを示唆する、戸籍上の記録のことを、くり返しくり返し、私は考えてみました。

私はまた、自分が最後にたどりついた疑問のことを、くり返しくり返し、考えてみました。

被爆体験がいつわって語られることと、その人が被爆したこととの関係を考えただけではなく、被爆体験がいつわって語られることと、その人が被爆しなかったこととの関係を、考えました。

解けないとあきらめて放りだしてしまった知恵の輪を、思い出してひろいあげ、またくり返し首をひねるように、私はくり返しくり返し、吉野さんのことを思い出しては、ひとりでじっと、もの思いにふけりました。

いまはもう明らかです。

そのとき私が住み、毎日歩きまわっているこの福岡県内に、戸籍上の記録では判らない、吉野さんの来し方について知っている人がたくさんいるはずです。三潴町には吉野さんの父方の、吉井町には母方の親戚が、久留米市には吉野さん一家のことを知っている、知人、近所の人々、吉野さんや兄さんの友だち、同級生、先生などがいるはずです。

すこし時間をかけさえすれば、これらの人々を見つけだすことができるでしょう。そして私が知りたいことを、いろいろと教えてもらうことができるでしょう。

吉野さんの養母(叔母)と義妹は小倉市にいます。ふたりの妹さんたちの居場所も判っています。東京の近県にはお兄さんがいます。

これらの人々、とくにお兄さんを訪ねれば、吉野さんが生まれていらいのことが、もっとも確実に判るでしょう。一九四五年八月九日、吉野さんと両親が、どこにいたか、吉野さんの両親の死と、その日長崎でおこったできごととの間にかかわりがあるかないか、話してもらうことができるでしょう。

福岡の街をあちこちと歩きまわりながら、枯れすすきに被われたボタ山を車窓からぼんやりとながめながら、私がいちばん時間をかけて考えたことは、これらの人々を探してみるようなこと、訪ねていくようなことを、するかどうか、ということでした。

私は何ヵ月も、一年以上も考えました。

結局、それはしないことにしました。

自分のその行為が、人伝てに吉野さんの耳に入って、吉野さんの精神状態の平衡に危険を与える可能性を、私はまず怖れました。「国連事務総長への報告」では、吉野さんはお兄さんと交際を断っているようにのべてあります。しかし必ずしも信じられません。吉野さんはいまでもときどき、お兄さんの家にいっているかもしれません。私がお兄さんをたずねていけばもちろん、かりに叔母さんや親戚の人たちを訪問しても、いつかそれはお兄さんをつうじて、吉野さんの耳にはいるかもしれません。かつて「戸籍謄本をとりよせてみてはどうか」と提案したとき吉野さんが示した、あの跳びあがらんばかりの怒りが私には忘れられません。提案しただけであれほどの反応を示した吉野さんが、私の行為を知り、吉野さんのほんとうの身の上や、吉野さんの被爆体験の虚構に私が気付いたらしいことを知ったら、どれだけ感情をたかぶらせるでしょうか。いまも危険な状態にあるかもしれない、吉野さんの精神状態の平衡に、それはどんな打撃となるでしょうか。私は怖れました。

たとえば吉野さんがかつて住んでいたらしい町をたずねて、近所の人や、同級生をみつけだし話をきくことができれば、私の行為が吉野さんの耳に入る可能性は小さくなるでしょう。そのかわり私がきくことのできる話の確実性も小さくなるでしょう。私がいちばん知りたいことについて、確信のある話はおそらくきくことができないでしょう。吉野さんの肉親という、最も確実な情報源をそのままにしておいて、不確実な情報のうえに推定をつみ重ねても意味がうすいでしょう。

それらの人々をたずねてはゆくまい、と決めたもうひとつの理由、最も大きな理由は、こんどこそ私には、もうそんなことをする権利がない、目的がない、名分がない、と考えたからでした。

吉野さんの場合だけはタブーを破り、被爆者の話の内容に一歩踏みこんで、その「真実」性を私が検証しようとしたのはなぜでしょうか。いうまでもなく、吉野さんの話に深く心をゆり動かされ、将来、この話をたくさんの人々にきいてもらいたい、自分の気持を多数の人々のものにしてほしい、と考えたからにほかなりません。

そのためにも、この話が、その内容の大すじにおいては正真の事実であるという確信をもちたい。そのための傍証を得たい。それが私の行為の目的でした。

結果は出ました。

「傍証はすこしも得られなかった。この話が正真の事実であるという確信はまったく持ちえない。」

これが結論です。

これ以上、タブーのなかにもう一歩踏みこむ理由は自分にはもうない。私はそう考えました。私はもう、充分に、吉野さんの「過去を暴いて」しまいました。知る権利のないことを知ってしまいました。被爆とはなんの関係もない人々の個人生活までのぞきこむ失礼をおかしてしまいました。

この録音はやっぱり、「幻のテープ」におわってしまった。それ以外に、自分が知る必要があることはなにもない。私はそう考えました。

戸籍でみるかぎり、吉野さんの兄さんは、たいへん苦労をした人のように私には思われます。

二三歳のときに母を、二七歳のときに父を亡くしています。そのとき、弟、吉野さんは二五歳、その下に一九歳と一一歳の妹、一四歳の義妹がいました。まだ幼い妹のことでは、頭を痛めたのではないでしょうか。

二九歳で結婚しています。父の死が、結婚をおくらせたようにも、感じられます。

この人はそのご二児にめぐまれ、いまは幸福にくらしているように感じられます。二八歳のころから、長崎市の城山町と東京近郊のあいだで転居をくり返していることは、東京に本社を、長崎に事業所を持つ、大きな企業への勤務を私に想像させます。

この人にとって、身体が弱く、働くことができず、四〇歳近くなっても独りでくらしている弟のことは、おそらく心痛の種子ではないでしょうか。兄さんは、私たちが知らない、もっともっと深刻な心配を、吉野さんの身の上についてしているかもしれません。

この人を、なんの目的で私はたずねていくのでしょうか。

――私には判らない理由によって、吉野さんは私に、真実の身の上を話してはくれなかったようです。いや、虚構の身の上話を語ってくれたようです。

この録音は話をきき終った直後の予感どおり、正真の事実として第三者にきいてもらうわけにはいかない、「幻のテープ」に終ってしまいました。

それでよい、私は考えました。

この幻に導かれ、励まされて、私は作業の道をあゆんできました。

一九七八(昭和五三)年五月、福岡滞在の目的をすべてはたし、私は長崎の実家に帰りました。自分の作業の出発点、爆心の丘の、亡くなった人たちの白骨の上に帰って、さいごの収録に励みました。この年の夏は福江市に約二ヵ月滞在して、離島・無医地区の被爆者を訪ねました。便船をなくして、なん度か島で野宿しました。秋には原子力船入港問題でゆれ動く佐世保市に滞在して、被爆者の心をたずねました。この年暮、録音は九〇〇人になりました。

幻が消えても録音テープは残りました。

私はまたこの幻に導かれて、それを骨組みとした私なりの被爆者論を作りあげることができました。幻が消えても、まとまった自分の考えはもうかわりません。

吉野さんにはその後年賀状だけは送ってきました。吉野さんからの音信はとだえました。

それでも、と私は考えました。

あいかわらず、身体が弱いながらも、ときどきは心を傷つけられ、腹を立てたりしながらも、吉野さんは毎日自炊し、通院し、闘病し、音楽を楽しみ、生きているにちがいない。被爆者運動や原水禁運動に、そして「社会を変革する運動」に、生き甲斐をもやしているにちがいない。吉野さんにそれ以上のなにを、私が望むことがあるだろう。

「こんどいつあえるかは判らないけれど、吉野さん頑張れ。」

私は心のなかでつぶやきました。

吉野さんの録音の裏付けをとる試みを断念したあとも、吉野啓二さんは私の胸のなかに住みつづけました。私の胸のなかの「吉野啓二体験」は、出口をもとめてさまよいました。

かたわら、私は毎日、被爆者をたずねて歩きました。働き、通院し、闘病し、運動し、愛し、笑い、嘆き、生活している、被爆者のさまざまの姿をみました。何百人ものお話をうかがい、何百人もからお話を断られました。自分が収録できている被爆者の「声」は半分の声にすぎない。収録できないでいる、あと半分の声がある。そんなことも判ってきました。

私の身体の外につみ重なってゆく録音テープという物質的な存在と、私の胸のなかの「吉野啓二像」という抽象的な存在は、ふしぎな関連でつながれていました。

はじめその像は、ぼんやりした姿で私の胸のなかにうずくまっているだけでした。録音が七〇〇人から八〇〇人、八〇〇人から九〇〇人と増えていくうちに、私にはそれまで気がつかなかった原子爆弾と人間とのもうひとつの関係が、うすうす、判ってくるような気がしました。五〇〇人目、六〇〇人目を収録したころには判らなかった、吉野さんが語った被爆体験・被爆者体験の正体が、うっすらと判ってくるような気がしました。録音テープが増えるごとに、私の胸のなかの「吉野啓二像」は、つぶやいたり、立ったり、座ったりしはじめました。その像は私の胸に、さまざまの空想をかきたてました。

私は吉野さんが「国連事務総長への報告」に語っているとおりの、またはそれにごく近い、半生を送ってきた人だと空想してみました。父か、母かに連れられて、被爆後のある時期、福岡県から長崎に入市した人だとも空想してみました。

その吉野さんが、私に語った、あの「幻」を作り出していく過程を空想してみました。

吉野さんは、――長崎医大附属病院ではないかもしれませんが――どこかの病院に、長いこと入院していた人かもしれません。そうして別の被爆者、場合によっては複数の被爆者たちと、なん年ものあいだ、隣りあわせのベッドに寝ていたのかもしれません。

そのような経験が、なんどかくり返されたのかもしれません。

二年も三年も、隣あわせのベッドに寝ていた被爆者が、亡くなっていくようなことを経験したかもしれません。

その人に、やさしい、被爆者の「姉さん」がいたことを私は空想してみました。

その「姉さん」が、吉野さんを可愛がってくれたことを空想してみました。

その「姉さん」が、亡くなったことを空想してみました。

それからまた、同室した被爆者たちが、くり返しくり返し、それぞれの身の上を語りあったと私は空想してみました。人の体験と、自分の体験との区別がつかなくなるほどに。

自分ではしたことのない体験、見たことのない情景、いったことのない町、あったことのない人が、自分自身の体験、見た情景、いった町、あった人のように感じられるようになるほどに。

その過程で、不必要な部分はいつのまにかけずり落とされ、必要な部分は事実をいっそう鋭く伝えるように作りかえられ、複数の人間の体験がひとりの人間の体験に凝縮され、しだいしだいに一個の「被爆太郎の話」ができあがっていく過程を空想してみました。「被爆太郎」は人間と原子爆弾との関係を、もっとも鋭く表現した存在として誕生します。

ありえないことですが、かりに原子爆弾が、人類がまだ文字を持たない時代に投下されたとしても、そして代々の権力者が、このような体験が記憶され、伝承されることを望まなかったとしても、それは人々の脳裡に深く刻みこまれ、口から口へ、祖父母の口から子たちや孫たちへ、孫たちからそのまた子や孫たちへというふうに、いく世代ののちまでも、必ず、伝えられていったにちがいありません。

被爆体験とはそのような体験でした。

もしそういう時代であったら、きっとこの人が、その伝え手になったにちがいない、そう思わずにはいられない老人たち——多くはおばあさん——に、私はなん人もあってきました。

そのおばあさんの話をきいていると、いろりの前に座っているおばあさんの姿が私にはみえてきます。自在鉤や、黒光りのする柱や、使いこんだ、がっしりした家具がみえてきます。

おばあさんはいろりに手をかざし、前かがみに座って、原子爆弾にあった人々の話をしています。

おばあさんのむかいの、いろりの前には、五つくらいと、三つくらいの孫娘の姉妹が座って、おばあさんの話をいっしんにきいています。

ふたりとも丸々ふとり、きちんと正座し、にぎりこぶしをひざにあて、頬を真っ赤にして、おばあさんの話をきいています。

(私のイメージでは)ふたりの両眼は大きくみひらき、耳は兎のように大きくひろがり、すけてみえるふたりの脳の部分には、ゆっくりゆっくりと、テープレコーダーがまわっています……。

このような口伝えの被爆体験は、それがいく世代にもわたって語り伝えられるあいだに、数えきれぬ、「被爆民話」を生みだしたにちがいありません。

「怖ろしい話」「悲しい話」「おかしい話」「ふしぎな話」「ちょっとの偶然が運命を左右した話」「日ごろのよい行ないが報われて生命が助かった話」「亡くなったお母さんが、娘の嫁入りの晩、たんすをとどけてきた話」「救護所の遺体の金歯を、夜ごとペンチでひきぬいてまわっていた鬼のような男の話」「野犬に食べられた赤ちゃんの話」「自分の身を棄てて、弟を護りぬいた気高い姉の話」「死んだ息子が観音様になって母親の夢枕にたち、人間の生き方をさとした話」「焼け死んだ美しい娘が夏の夜蛾になって、恋人の部屋を訪れた話」、こんな話がかぎりなく、生みだされたでしょう。

そこには軍人、高官、母親、兵士、中学生、大工、看護婦、機関士、娘、産婆、先生、ドロボウ、警察官、修道女、商人、農民、情深い人、強欲な人、およそありとあらゆる人々が登場してきたでしょう。

そのような「被爆民話」の原形とでもよびたい話を、私はいく十となくきいてきました。被爆の責苦を一身に負い、それをまたもっとも高い立場でのりこえた、「被爆太郎」も、このような人々の人間くさい営みの混とんとした渦のなかから、生みだされたかもしれません。

大和朝廷の発展期に、いくどか行なわれた熊襲《くまそ》や東夷《あずまえびす》を征服する戦争の民族的な記憶は、いつかヤマトタケルノミコトというひとりの英雄の物語を生みだしました。

複数の人々の集団的な体験、民族的な体験が、ひとりの人間の体験として抽象され集約されていった数多くの例を、私たちはこの国の歴史のなかにも、外国の歴史のなかにも、いくらでもみつけだすことができると思います。

「被爆太郎」はかぞえきれぬ人々の集団的な体験、民族的な体験を、ひとりの身に凝縮した存在として、私たちの前にたち現われます。

吉野さんによって私に語られたこの話は、被爆後二〇数年の日本の戦後社会が、すでに「被爆民話」を生みだしつつあることのひとつの証拠ではないか——私はそう、空想してみました。

私はまたもうひとつの空想をしてみました。つまり吉野さんが被爆者ではなかった、と空想してみるのです。

吉野さんはいわゆる認定被爆者です。つまり現在の治療を要する疾病が、原子爆弾の被爆に起因することを、国家が、厚生大臣の名において認定した被爆者です。このような人々は全被爆者の一パーセント強しかいません。

ですからその人が被爆者ではなかった、と空想するのはまったく現実的ではないのですが、そこが空想の空想であるところです。

そのうえで、被爆体験がいつわって語られたことと、その人が被爆したこととの関係ではなくて、被爆体験がいつわって語られたことと、その人が被爆しなかったこととの関係を、つくづく、考えてみました。

空想によって、被爆者でない吉野さんを直視するとき、それでも、どうしても否定することのできない悲運を負った存在としての吉野さんの姿がみえてきます。

吉野さんがきわめて病弱な人であるということはだれにも否定のしようがありません。口やそぶりで病を詐っても医師や検査技師をだますことはできません。二四種類の病気を持ち、八〇種類の薬を飲んでいるという吉野さんの姿は、かりに被爆はしなかったとしても残る吉野さんの現実です。

吉野さんが、健康いがいの肉体的条件においても恵まれていないことは、吉野さんにはじめてあった日受けた印象のところで書きました。

吉野さんに重度の吃音があるということも、忘れることができません。私たち、なんども吉野さんにあって話したものは、その吃音にも慣れて気がつかなくなってしまいがちですが、予備知識なく、この吃音に出あった人は強い印象をうけるでしょう。この吃音のためにこれまで吉野さんが受けてきた屈辱がどれほどのものだったか、私たちの想像をこえているかもしれません。

このような吉野さんにとって、この人生はどれだけか、苦難に満ちたもの、酷薄な相貌を持ったものだったに違いありません。

もし人が、生まれながらにこのような条件を背負って人生を歩みはじめたとしたら、その人はいったい、自分のその苦悩の意味づけを、どのようにして得ることができるでしょうか。


意味づけの得られない苦悩は、いっそう、耐え難い重みをますにちがいありません。

人間は自分の生と死の意味づけを求めて生きている。

その意味づけは、ただ、他とのかかわりのなかでだけ、得られる。

人間はしばしば、意味づけの得られない生よりも、意味づけの得られる死のほうを選ぶ。

四〇年間生きてきて、私にもやっと、そんなことが判ってきました。

あの「夜と霧」を書いた心理学者フランクルは、ナチの強制収容所で生きのこることができた人々は、ただ強制収容所での言葉につくせぬ苦痛に耐えることの、意味づけをできる人々だけだったと報告しています。そして末期の癌患者を励まし、その苦痛を和らげる療法として、苦痛にたえる、その人の英雄的努力が、ひとつの感動として永く知人の記憶に残るという意味をもつことができることを教える、「意味療法」を提唱しています。

世のなかにはまことに意味づけの得にくい死や苦悩というものがあります。たったひとつの例ですが、例えば通り魔殺人による犠牲者の死と遺族の苦悩などもそのひとつでしょう。

自分がたまたまその場所にいあわせたというだけで、だれでもよい犠牲者として選ばれ殺されたとしたら、私たちはその死の意味を、どのようにして得たらよいでしょう。

肉親たちはその悲運を、自分にどのように納得させることができるでしょう。

ある日のことです。福岡時代のさいごの時期でした。そのとき私は、博多駅に近い、日当りの悪い、四畳半の借間にねころがって新聞を読んでいました。

安いことと、駅に近いことだけを条件に選んだ部屋でした。窓を開けると隣の家の壁です。正午すぎの二時間くらいの間、そのせまいすきまから、てのひらぐらいの大きさに日光がさしました。獄舎にいる人がそうするように、その日光を両てのひらに受けて、つくづく眺めることがありました。

福岡生活の後半から、またなだんだん身体が弱くなってきました。歯槽膿瘍になって、歯科医にいったところ、過労を改めないと治らないと注意されました。理髪店の椅子に座ったら、お客さん徹夜麻雀ですか、肌が荒れてますよ、といわれました。ちょっとの空き時間はできるだけ横になって身体を休めるようにしていたのですが、そうするとウトウトと眠りこんでしまうことが多く、そのたびに目ざめてからひどい動悸がして苦しみました。

そのときも、私は横になって、新聞を読んでいました。そうして通り魔犯罪の犠牲者たちが、このような犯罪の被害者にたいして、国家補償を求める運動をしている、という記事に目をとめました。

「私たちのような意味のない悲しみを、ほかの人たちには味わわせたくないという気持でやっている。もしこういう制度を作らせることに役立ったのであれば、殺された私たちの肉親も浮かばれるし、私たちの悲しみもいやされる。」

そんな、参加者の言葉が目につきました。

「――ここにも苦悩の意味づけをもとめている人々がいる」。私はぼんやりと考えました。そのとき、私にはとっさに、被爆者のことが思い浮かびました。それから吉野さんのことを思い出しました。私は座りなおして、じっと考えました。

原子爆弾はそれを拒もうとする人間の行為にたいして、実にふしぎな意味づけの力をもっています。

それがあまりに残虐で、犯罪的で、人類の未来にたいして破滅的状況を与える無気味な可能性を持っているために、原子爆弾は、それに反対し、それを廃絶させ、使用を阻止させようとする人間の営みにたいして、かぎりなく大きな意味を付与するのです。その残虐性や破壊力の巨大さとちょうど等量の大きさの意味を、その営みにたいして与えるのです。

被爆者は自分の苦悩が、同じ苦悩を他の人々に味わわせないことに役立てられることをつうじて、自分の苦悩の意味づけを獲得し、その苦悩に耐える力を持つことができます。核兵器が人類を破滅状態にさせうる破壊力を持っているために、被爆者の死と、その苦悩に満ちた生は、それが核兵器を再び使わせず、廃絶させることに役立てられる道をつうじて、人類史的な意味を獲得するのです。

被爆者を運動にかりたてるものは、奪われた自分や肉親の死と生の意味を奪い返したいという欲求にほかなりません。

被爆者にとってもっとも耐えがたいことは、自分たちの苦悩に意味が与えられないこと、自分たちの肉親、友人の死が犬死とされ、苦悩に耐えて生きつづける自分たちの生が、犬生きとされることとです。被爆者援護法制定を求める被爆者の要求は、自分たちの肉親、友人たちの死、自分たちの生にたいする、国家的、法律的、社会的、民族的な、意味づけを求める欲求の表明にほかなりません。そのことによって被爆者は、自分たちの人間らしさが、多少は奪い返せた、回復されたと感じるのです。

自分たちの生と死の意味を奪い返したいと考える被爆者の欲求が、核兵器が人類の歴史から完全に姿を消し、清算される、そのときまで完結しないだろうことはみやすい道理でしょう。

被爆者援護法が、その意味を条文に明記してもしなくても「原爆再投下禁止法」という性格を持つほかないことを私はさきほど書きました。核兵器廃絶の国際協定は、真の意味で「被爆者援護法」となるほかないでしょう。車の両輪に譬えられるこのふたつの目標は、原子爆弾投下によって否定された被爆者の人間らしさを回復し、被爆者の生と死の意味を奪い返すという、ひとつの目標の主なふたつのあらわれと考えなければならないでしょう。

吉野さんが生まれながらに病弱な、吃音や恵まれぬ肉体的条件をもった人だと私は空想してみました。

吉野さんは、ひょっとすると久留米市で空襲にあった人かもしれない、とも空想してみました。

戦後のある時期、お兄さんといっしょに、長崎市の城山町に住んだことのある人かもしれない。そのとき、爆心地のようすをみたり、長崎大学医学部附属病院で治療を受ける機会があった人かもしれないと空想してみました。

生まれながらに意味づけを得られない苦悩を負って生きてきた吉野さんが、その時期にか、または別の機会にか、被爆者と縁をもつようになったことを私は空想してみました。

その場所は、どこかの病院であったかもしれません。

吉野さんとその被爆者は、二年も三年も、あるいはそれ以上も長く、隣あわせたベッドに寝ていたかもしれません。

そのとき、おたがいの身の上を、くり返しくり返し、語りあったかもしれません。

このような経験は、病弱な吉野さんにとっては、いちどだけではなかったかもしれません。あるいはぜんぜん別な方法で、被爆者と、しみじみ話しあう機会があったかもしれません。

このような過程のなかで、吉野さんが、もうひとつの空想のなかでも述べたように、「姉さん」にあったり、被爆者の身の上を、自分の身の上として感じるようになったりすることを、私は空想してみました。

そうして何年もかかってか、ある時期突然にか、自分の苦悩に意味づけの得られないことにいっそう苦しんできた吉野さんが、原子爆弾が、人間の苦悩や、人間の行為にたいしてもっている、ふしぎな意味づけの力に気がついたと空想してみました。

こうして、被爆者であるところの吉野啓二さんが、戦後のある時期、広島と長崎に原子爆弾が投下されてから一〇年以上もたった時期、形成されていったというふうに空想してみました。

この文章を読んでくださっているあなたは、私のこの空想を現実性のないものとしてお笑いになるでしょうか。

私は多くの地方で被爆者にあい、被爆者の運動にふれる機会をもちました。

「あの人は実は被爆者ではないのではないか。」

そんなふうに他の被爆者から噂される被爆者があることを、いちどだけでなく知らされました。それが、その地区の活動を代表するような被爆者であることを知って、おどろかされたこともありました。

しかし、それにもかかわらず、その人が献身的な活動を続け、被爆者としての活動が、その人の生活、というより、その人の人生の中心となっていることを知るときも、私は原子爆弾が人間の行為にたいしてもっているふしぎな意味づけの力を感じ、戦後に被爆者が生まれていることを感じるのです。

かつて法律できめられていた被爆者の範囲は、ごくせまく限られていました。

それがしだいに拡大されて現在のような形になりました。

現在の範囲が科学的にもっとも正しい、最終的なものだとは考えない人々、自分たちを被爆者として認めよ、と運動している人々が、広島にも長崎にもたくさん存在しています。

現在は被爆者の範囲に入っているけれど、最初はその範囲に入っていなかった人が、その当時、医療を受ける必要にせまられて、自分が被爆した地点や入市した日付をいつわって届出、手帳を取って被爆者になっていたとしても、いまそれを非難できる人はいないのではないでしょうか。

現在の被爆者の範囲が科学的に正しい根拠をもつものであるのなら、まちがっていたのは被爆者の範囲をせまく限定することによって、その人の医療をうける権利を制限し、その人にいつわりの届出をさせた法律のほうにあるのですから。

この理屈からすれば、現在の法律では被爆者の範囲には入らないけれど、健康上、精神生活上、自分は被爆の影響を受けていると確信する人が、医療を受ける必要から、自分の被爆地点や入市期日を現在の法律の基準にあうようにかえて届出、手帳をとり、自らを被爆者であると任じても、私たちは必ずしもその人を非難はできないのではないでしょうか。まちがっているのは現在の法律のほうかもしれないのですから。

被爆者は戦後の長い年月のあいだに、次々と新しく生まれてきました。これからも生まれていくでしょう。いやほんとうです。

多くの人々は法律の範囲が拡大され、自分がその範囲に入るようになったことをつうじて、また戦後のある日、不幸にも健康の変調を感じることをつうじて、また健康診断や被爆者の会の集まりを報せる一枚の葉書をつうじて、改めて自分と原子爆弾との関係を発見し、被爆者である自分自身を発見し、被爆者である自分自身をしみじみと見つめ、被爆者になりました。私の表現によれば戦後のある日あらためて原子爆弾に出会い、八月六日、九日に出会い、被爆者である自分自身に出会いました。それはやがて、自分の生と死が、人類史的な意味を持っていることを発見する道へつながる出会いでした。

被爆者が被爆者である自分自身を発見し、被爆者であることの意識を深く持つようになることのうえで、決定的なエポックとなるのは、私の知るかぎり、被爆者手帳を取得することでした。一九五七(昭和三二)年、被爆者手帳の制度が生まれたとき、そんなことを見通した人はおそらくいなかったのではないかと思います。手帳の制度は医療にたいする被爆者の強い要求から生まれました。健康になりたい、健康をとりかえしたいという、最も平凡な、おしつぶすことが不可能な欲求が、その根源にありました。その被爆者手帳が被爆者を作り、被爆者を変えました。この過程を考えるときも、私は、原子爆弾によって人間を抑えつけつづけようとするような試みは、結局人間たちにはかなわないだろう、そんなふうに感じるのです。

一九四五(昭和二〇)年八月下旬、私は田舎の疎開先から列車で長崎に帰りました。いまは自分の記憶にもなく、母親にきいても判らないその日が、長崎に原子爆弾が投下されてから二週間以内に入り、列車で爆心を通っただけでも「一定距離内に入った」ことになるのであれば、私は入市被爆者です。しかし子供時代を含め、長崎ですごしてきた二五年間、自分が被爆者かもしれないと考えたことはいちどもありませんでした。

長崎を去って収録作業をはじめたころ、日本原水協が「被爆者援護法の大綱」を発表しました。みると入市被爆者の範囲を「投下後四週間以内に長崎市(と隣接区域)にあった者」とするよう、提案してあります。これなら私も間違いなく被爆者です。このときはじめて、私は被爆者でもありうる自分自身を発見しました。

身体がめっきり弱くなり、病院のベッドに横たわるようになったとき、一九四五(昭和二〇)年八月下旬長崎に帰って、残留放射能が多かったとされる西山町で暮らしていたことと、自分の健康との関係を、私はつくづく点検してみました。小学生のころやたらに傷が化膿しやすく、毎冬耳のしもやけがうんで困ったことを、その経験との関係で、みつめなおしました。これから先の健康状態によって、私の「被爆者意識」は、めざめたり、ゆれ動いたりするでしょう。

戦後のある時期、新しく被爆者が生まれ、自分は被爆者であるという意識が形成されることがあることを、私はすこしもふしぎには思いません。

被爆者である吉野さんが戦後のある時期に形成されていったという空想の上にたって、吉野さんがやがて自分のその「被爆者体験」を人に語るようになったことを私は空想してみました。

それが人々に感銘を与えうること、そのことをつうじて、これまで意味づけを得られなかった自分の苦悩に意味が与えられ、その苦悩がいやされることを、吉野さんが知るようになったことを空想してみました。

語られる「被爆者体験」がいっそう豊かな内容を持ち、矛盾や破綻のないものになっていったことを空想してみました。

やがて吉野さんが被爆者の医療に献身的な熱意をいだく、医師と医療機関にめぐりあい、それらの人々のすすめとほん走によって、被爆者手帳を取得した過程を空想してみました。吉野さんの健康状態についての動かしがたい客観的事実が、認定の当否を厚生大臣に答申する医療審議会の結論に、充分な根拠を与える過程を空想してみました。

そうしてある日、吉野さんの前に、あなたの被爆者体験をきかせてほしいといって、ひとりの男が現われたことを空想してみました――。

「私たちはすべてヒバクシャであり、私たちはすべて原子爆弾の生き残りである。」

これは一九七七(昭和五二)年に開かれた国際非政府組織の「被爆問題シンポジウム」で国際準備委員会議長をつとめた、アーサー・ブース氏の言葉です。

現在の法律が定義する被爆者の範囲に入らない人が、自分もまた被爆者である、という強い確信を持ったとしても、あなたはそれを非難されますか。その確信の事実でないことを、自信をもって否定されますか。

まえにも記しましたが、個人生活のうえでは、それほどの被害を受けていなくても、原子爆弾否定の人間の営みの先頭に立っているような被爆者をも「典型的な被爆者」とみなければならないと私は考えました。そのような人々の多くは、比較的距離が遠いところで被爆した人や、入市被爆者でした。彼らがその粘り強い被爆者としての活動を続けている根源には、そのとき、被爆の惨状を目のあたりにし、自分の人間らしさが深く傷つけられたと考える思いがあることを私はみてきました。彼らもまた、原子爆弾否定の活動のなかに、そのとき傷つけられた自分の人間らしさが奪い返されることを求めている人々でした。原子爆弾と被爆者とのこの関係を承認し、アーサー・ブース氏の言葉を承認するなら、私たちはもはや、例えば入市被爆の範囲を二週間以内に限定する必要はないかもしれません。五年後、一〇年後、広島・長崎を訪れた人が、そのとき、見聞きしたことによって自分の人間らしさが深く傷つけられたと感じ、被爆者たる意識を形成していったとしても、それを非難しようとはだれも考えないでしょう。

吉野さんはそのような、「一〇年後入市者」のひとりかもしれません。

被爆者が語る被爆体験、それは「未来からの遺言」だ、と私はよく友人にいってきました。

被爆者は一九四五(昭和二〇)年八月のある日のこと、そのご自分の身の上に起こったことを語ってくれたはずなのですが、一九八X年、九X年のある日、その日以後に、私たちの身の上に起こった体験をも、同時に語っているのかもしれません。

彼らが語ってくれたことは、ありありとした細部を持った、私と私の肉親の未来の運命そのものではないと、私は自信を持っては断言できないのです。八月六日、九日を語ってやまない被爆者の切迫した眼の光や息づかいにふれるたびに、彼らは過去の記憶を語っているのではなく、彼らにはありありとみえているらしい、未来のある情景を語っているのだという気持に、私はくりかえしおそわれるのです。

吉野さんはタイムトンネルの不思議な働きによって、その八X年、九X年の体験をしてしまった人、八X年、九X年のある日からのメッセージを持って私たちの時代にやってきた人かもしれません――。

これはまったく私の無責任な空想です。吉野さんの来し方についての真実、その心の秘奥は、しょせん吉野さんしか知らぬことです。およそはかり知りえざるもの、それが人間でしょう。

私はここで、私がはじめて吉野さんと対面したとき、水上勉の小説「雁の寺」の主人公、少年僧慈念を連想したことを思いおこさずにはいられません。

この小説はどなたもご存知のとおり、若狭の山村で乞食女に生み落とされ、俠気のある寺大工に育てられた少年僧慈念が、京都の禅寺にもらわれ修行をつづけるうち、愛妾とただれた生活を送る老住職を殺して、寺を去ってゆく物語です。

私が持っている新潮文庫(昭四四・三刊)には巻末に磯田光一さんの解説がついています。長いのですが、印象に残りますので引用します。

「わが胸の底のここには
言ひ難き秘密《ひめごと》住めり
考えてみるに作家にかぎらず、人間とはみな『言い難き秘密』をもった存在ではないであろうか。人間の社会が〝秩序〟を保ってゆくかぎり、人は『言い難き秘密』をいだきつつ、なおも社会の掟に順応してゆくことをしいられている。しかし平静を装う心の奥底に、はたして残忍な殺意が秘められていないと誰に保証することができるであろうか。それはおそらく、現代では文学のみが解き明かしうる、ある暗い秘密の領域なのである。

水上勉氏にとって、この『秘密』とはどういうものであったのだろうか。それは水上氏が人生の苦労を重ねてきたというような点にあるのではない。むしろそれは、実生活の奥底に秘められた氏の暗い部分、たとえば『雁の寺』の慈念を、『頭が大きく、軀が小さく、片輪のようにいびつな』少年として描かずにはいられないような心をさすのである。経済的な不遇だったら、金銭や名声によって脱することができる。しかし『言い難き秘密』をもつ作家にとって、いったい文学以外の何に秘めたる思いを託すことができるであろうか。

（中略）

慈念が椎の木の上に発見する鳶の餌の貯蔵所の無気味なイメージは、おそらく『頭が大きく、軀が小さく、片輪のようにいびつな』慈念が、同じく『片輪のようにいびつな』心をもち、その心の底にどんな暗い殺意を秘めていたかを示している。

それにしても慈海を殺すに至る慈念の心は、なぜそれほどまでに暗いのであろうか。

彼が父親の判らぬ乞食女の子として生まれたためであろうか。あるいは畸型に近い身体をもち、『軍艦あたま』と呼ばれて村の子供たちからいじめられたためなのであろうか。さらにまた、学校の教練が余りにも辛かったためなのであろうか。そのいずれでもあるかもしれない。しかしこの小説には、さらに深い秘密が隠されている。慈念は殺人のあと、本堂の蠟燭の炎のゆれるたびに、南嶽の描いた雁が啼くのを感じている。さらにまた彼は『松の葉蔭の子供雁と、餌をふくませている母親雁の襖絵』に異様な眼を輝やかせ、母親雁の部分を指で破り取るのである。この場面は慈念の心に秘められた希求が何であったかを示している。これを〝母の愛への希求〟といったのでは、いまだに十分ではない。襖絵の子供雁が『松の葉蔭』にいて、母親雁が『餌をふくませている』という構図が重要なのである。

（中略）

社会的にというより人間として、生まれながらに何物かを拒まれていると感じている慈念は、ただ何物かを奪い返したかったのである。その〝何物か〟とは、もちろん『餌をふくませている母親雁』の心である。」

磯田さんは「言い難き秘密《ひめごと》」をもつ作家にとって、秘めたる思いを託すことができるのは文学以外にない、といっています。「人間として、生まれながらに何物かを拒まれていると感じている」吉野さんもまた、虚構の物語に託する以外には表現の方法をもたない、

「言い難き秘密《ひめごと》」を、「胸の底のここ」にもっていたのでしょう。

　それがなにか。しょせん、それはうかがい知れません。

　ただ吉野さんが、あのようにありありと「姉さん」のことを語ったことのなかにも、数々の虚構のなかで、ただひとり母についてだけは、ほんとうの名前を明かしたことのなかにも、そのひめごとの影を、うっすらと感じるばかりです。

　――このふしぎな話を私からきいた友人のひとりは、被爆体験は風化しているのではなくて、結晶化しているのではないか、といいました。

　文字どおり凍りつくように寒い寒い夜、空気中の水滴は樹の枝に凍りついて霧氷となります。

　吉野さんのこの話は、日本人の被爆体験が、戦後日本の社会のなかで、吉野啓二さんという稀有の個性に凍りついてできた、霧氷のようなものだと譬えられないでしょうか。

　この文章を読んでくださっているあなたは、私が「伝記作者」の義務と節度を放棄して、いたずらな空想にふけっていることを非難なさいますか。現実の吉野啓二さんが歩んできた道をひとつひとつたどって、その「被爆者体験」の生成の過程を、証拠にもとづいて報告するよう、要求なさいますか。私がこの八年間見つめ続けてきたのは、私の胸のなかに生まれ、住みつき、虚構を語ることによって私に原子爆弾と人間との関係を教え、虚構を語ることによって私のこの作業の方法に根源から問いかけ、そのことをつうじていっそう深く、原子爆弾と人間との関係を私に示唆した、私の心のなかの「吉野啓二像」、私の心のなかの「被爆太郎」なのですが。

# 山峡の村で――死者を死せりというなかれ

「荒川で被爆者が自殺

×日午前十時ごろ、埼玉県秩父郡大滝村大滝の荒川右岸近くに男の死体があるのを近所の主婦が見つけ、秩父署に届け出た。同署で調べたところ、持っていた顔写真付きの診察券から東京都目黒区中町〇〇〇××荘内、無職、吉野啓二さん(四四)とわかった。死後一週間くらい。

吉野さんは二十年八月長崎で被爆した後上京、四十年十二月、特別被爆者健康手帳をもらい、生活保護を受けながら一人で暮らしていた。死体のそばに現金六万八千円在中の手提げカバンや薬袋が散らばっていたことなどから同署は自殺とみて調べている。」

一九七九(昭和五四)年六月六日、お話を収録させてもらった被爆者は、私たちがいちおうの目標としていた一、〇〇〇人になりました。一、〇〇〇人目には、私が生まれてはじめて、被爆体験をきかせていただいた、中学生のころの先生におねがいして話していただきました。それは一九五〇(昭和二五)年、私が中学二年生のときのことでした。被爆によって家族のすべてを亡くしながら、旧約聖書、ヨブ記の一節をくちずさんで神の恩寵をたたえた先生のお話は、一三歳の少年だった私の胸に深くやきつきました。髪が白くなられた先生のお話をうかがいながら、二九年目に自分の出発点に帰ってきたような気がしました。

私たちの「会」としてのさいごの録音は、六月二六日、大阪の協力者の手によって収録されました。一九七一(昭和四六)年七月一〇日、東京・三鷹市でまわりはじめた私たちの録音機は、八年後のこの日、大阪でとまりました。収録者一、〇〇二人、録音テープは九五〇巻になりました。録音リストには第五福竜丸乗組員のほか、ロンゲラップ島やウトリック島を訪問した友人の協力によって、マーシャル群島在住のビキニ水爆実験被災者の名前もくわわりました。八年のあいだに、被爆者から一、二五〇余通のおたよりを私たちはいただきました。

六月末、私は東京・杉並区のかたすみに小さな部屋をみつけて転居しました。

収録した「声」を人々に伝える手だてを考えることが、それからの課題でした。

作業がひと段落したのを機会に、自分がこの作業をつうじて感じたことを、文章にまとめて人に読んでもらいたい、そんな気持も持ちました。

しかしそれは、私にはできないことなのでした。吉野さんのことに触れることなしに、自分の作業を報告することが私はできないのです。吉野啓二さんにあった体験、私にとっての「吉野啓二体験」は、私にとっては八年のあいだのあるエピソードではありません。作業のほとんど全期間をつうじて胸のまんなかに座りつづけているものでした。このいいかたは、話をしてくださった他のたくさんの被爆者にいかにも申しわけないようですが、この体験に触れることなしに、私は被爆者を語る気持になれないのです。

しかし吉野さんについて知りえたことを、文章にすることができるでしょうか。その試みを吉野さんに相談することができるでしょうか。そのことが吉野さんの精神の平衡に危険をあたえること、最悪の場合、吉野さんの身のうえに変事をもたらすことを、なによりも私は怖れました。

東京へ帰ってから、私は東京の被爆者の会へいって、吉野さんのことをききました。最近は比較的おちついた精神状態で、通院生活を続けていること。被爆者の集まりにも、ときどきはきていること。そんなことを教えてもらいました。私は安心しました。それでよい。私が沈黙していればすむことです。

もともと私はこの作業を、やがてそれについての自分の感想を文章として報告することを目的にはじめたのではありません。作業の過程で知ることになった個々の被爆者の経験・境遇についての具体的事柄を、文章に書いて発表する無制限な自由を持っているとも思えません。

もともと被爆者は私がそれについてのしたり顔の解説をつけくわえなければ人につうじ

ないことを語るのではありません。被爆した都市に本社をおいてラジオの電波をだしている、世界中にふたつしかない放送局のうちのひとつで働いているラジオ記者にいちばんふさわしい方法で原子爆弾被爆というこの巨大な事実を、記録し、次代に報告したい。時代的な存在であることをまぬがれえない私たちが、いたずらな編集の手をくわえない、当事者自身による言葉と肉声を、無編集で次の時代の人々に手渡したい。解釈や解説ではなく、事実を報告したい。それがこの作業の出発点でした。解釈や編集は、その時代の人々にまかせればよいことです。

テープをまず良い保存の状態におくこと。被爆者に関心を持ってくださる人々に、この「声」をきいてもらい、被爆者のつもる胸のうちをきいてもらうことができるよう、それからまたこつこつ時間をかけて、手順を工夫すること。この作業にとって、これがいちばん中心的な課題です。

私はそれまで、いわば刑事のつもりでした。原子爆弾投下の犯罪行為を裁く歴史の公判廷維持に必要な、被害者の調書をとって歩く、よれよれのレインコートにどた靴をはいた刑事です。これからは放火犯になりたいと思いました。いまも被爆者の胸のうちにメラメラと燃えつづける悲しみ、怒り、叫びの炎。それをいく百千の人々の胸のうちに燃えうつらせる放火犯に。

これはいわば確信犯です。愉快犯でもあります。

しかし、そのまえにしなければならないことが私にはありました。自分の生活を人間らしく再建することです。八年の流浪のあいだに、それまでの貯えも、まえの職場の退職金もなくなってしまいました。衣類も着はたしました。八冬を火の気なしですごしました。東京から福岡へ転居するとき、駅の小荷物係で計ってもらった自分の全財産――わずかの本は姉の家にあずけてありましたが――が、人気力士・高見山の体重よりも軽いことを知って私は苦笑しました。さしあたりの生活において、自分より貧乏な被爆者にあったことが私はありませんでした。さいごには国民健康保険料も納付できなくなって、なん年も手帳なしでくらしました。恥をさらすようですが、四〇歳をすぎて妻なく子なく職なく家なき状態が、作業を終ったときの私の姿でした。ただただ、録音テープだけが残りました。これもゆくゆくは、公の施設へ寄贈させていただくものですが。

吉野さんが語ったあの小さなクモのように、私もまた破れた巣をつくろい、自分の人間らしい生活と健康を再建しなければなりません。九月はじめ、金融機関の経営コンサルタントをしている兄の事務所で、私は働きはじめました。

それから一週間もたたない夕暮れです。日本被団協事務局からの電話で、吉野さんの遺体が奥秩父の三峰山《みつみねさん》の山のなかでみつかったことを私は報らされました。ミツミネサンという言葉を最初人の名前かと私は思いました。ききなおして、やっとそれが山の名前だということが判りました。それから事態がのみこめました。

遺体は死後かなりの時間がたっていたこと。その場所には、吉野さんはかねていきたいといっていたこと。警察ではいちおう自殺とみているが、遺書や、たしかな証拠があるわけではなく、事故死かもしれないこと。すくなくとも吉野さんの身のまわりに、自殺を予測させるようなできごと——病状が悪くなったとか、新たに悪性の病気が判ったとか、生活上困ったことがおこったとか——は何もない、精神的にも最近は安定していたこと。その電話で、そんなことだけは判りました。

うすぐらくなった部屋のなかで私はぼんやりと座っていました。そしてもの思いにふけりました。それから窓の外の、向いの家の二階の上にみえる、夕暮れの東京のどんより曇った空を眺めました。

実をいえば、この夜は一年ぶりに皆既月蝕があった夜です。何万年も、何十万年も前からきまっていたとおり、その夜、一秒の狂いもなく、地球の影が月の表面を通りすぎていったのです。厚い雲におおわれた空に月の姿はみえませんでした。この雲は、日本海を進んできた強い気圧の谷がもたらしたもので、日本中のマニアをがっかりさせた、と翌日の新聞にでていました。しかしそのとき、私の心には地球の影に被われた赤い月の姿がありありとみえるような気がしました。その夜、「運命」という、私にはよく判らない、しかしあらがえぬふしぎなものが、ゆっくりと、しかし寸分の狂いもない正確さで、吉野さんと私とのあいだを通りすぎていったのを感じました。

　翌日、ある中央紙の片隅にみつけたのがこの章の最初にかかげた新聞記事です。いわゆるベタ記事のあつかいでした。「スナックママ殺さる」という、見出し三段の大きな記事にかくれて、この記事はほとんど人々の注意をひかないように思われました。東京都内版でこのできごとを報じたのは、私が調べることができたかぎりこの一紙だけでした。原子爆弾や被爆者をめぐるニュースが大きくあつかわれるシーズンはもうすぎていました。マスコミや人々の関心は、この記事がでた日に行なわれるはずの衆議院の解散と、ひきつづく総選挙に集中していました。吉野さんは人知れず、ひっそりとなくなりました。

　九月末のある日、私は地図をたよりに奥秩父をたずねました。住んでいる場所から井ノ頭線で吉祥寺へ出て、それから駅員になんどもたずねたずねしながら、立川、拝島で国電をのりかえ、さいごは東飯能から西武鉄道秩父線にのりついで、ひとまず秩父市をめざしました。霧雨が降ったりやんだりする、初秋の一日でした。迫った山と渓谷。桑畑。白い花が咲くソバの畑。彼岸花の真っ赤な群落。そここにつづく栗の木の林。はじめてこの土地を訪れた私にはものめずらしい風物が、電車の窓を流れてゆきました。

　この道はおよそ一月前、吉野さんが通っていった道です。目黒からどんなコースをたどって、吉野さんはこの電車に乗ったのでしょうか。肩にカバンをさげ、私と同じように駅員にたずねたずねしながら、この道をたどっていったのでしょうか。それが自らの死を定めた旅だったとしたら、そんな思いで吉野さんがこの窓の外の風景を眺めていたのだとしたら——、私はたまらない気持がしました。

秩父市までくると山国にきた感じが迫ってきました。駅の売店に並ぶ、けやき細工。石細工。ろう石。長芋。手打ちそば。ここは東京都西部から、埼玉、長野、山梨にひろがる秩父多摩国立公園の玄関口でした。ダイナマイトが爆発するらしい、低い、こもった音が、ときどき、曇り空に響いてきます。この市の名前を冠した、大きなセメント会社があったことを私は思いだしました。

私はまず秩父警察署をたずねて、吉野さんの遺体を検死した若い刑事さんから話をききました。それから約一時間、秩父鉄道とバスを乗りついで大滝村を訪れました。

埼玉県秩父郡大滝村は秩父多摩国立公園のまんなかに位置する、全村、山と森林におおわれた美しい村です。村の中心を蛇行する荒川の源流が、いたるところに、深い、V字型の渓谷をえぐっています。幸田露伴の小説でその名を忘れられぬ雁坂峠が、この村と山梨県との境にあることに、私はここにきてはじめて気がつきました。

役場の前に立つと、みあげるようなキンモクセイの樹が、黄色い花をいっぱいにつけて、おしげもなく、その香りをまき散らしていました。

役場の本村さんという係の方が、親切にも私を、吉野さんの遺体がみつかった現場まで案内してくださいました。役場から国道を村の奥にむかって、車で数分間渓谷ぞいに進むと、交通事故犠牲者をまつるお地蔵さんが建った、カーブにきます。私たちはそこから林のなかの道をじぐざぐにたどって、深い渓谷の底におりました。

瀬の音が高くなりました。

水は左手の下流に淵を作りながら、豊かな水量で目の前を勢いよく流れていました。吉野さんが遺体でみつかったのは、三〇メートルほどさきの対岸にみえる沢の入口でした。私たちはそこで本村さんがもってきたゴム長靴にはきかえて、その瀬を渡りました。水は勢いよく、足の下を流れていきます。

本村さんがふんでゆく石のあとを、おそるおそるたどっていた私は、たちまちひざのあたりまで流れのなかに落ちこんで、ようやく対岸にたどりつきました。

そこはこの渓谷に無数に流れこんでいる沢のひとつでした。左右に崖がせまって、ごろごろの石が、沢の上のほうに連なっています。崖の木がこの空間をうすぐらく被っていました。秩父警察署の刑事さんと本村さんからきいた話をまとめると状況はこうでした。吉野さんはこの沢の入口の石に、からだをもたせかけるようにしてうずくまっていました。草を刈りに対岸の川原におりてきた近くの婦人が、それをみつけました。

吉野さんは頭、胸、腕などに打撲傷を負うていました。薬の包み紙が沢の上のあちこちに散らばっていました。吉野さんは履きものをはいていませんでした。刑事さんが沢の上のほうにのぼってだいぶ探したそうですが、それはとうとうみつかりませんでした。

私はあたりの地形をみまわしました。そしてここにくるまで想像していた、この場所での転落死の可能性は、まずないと判断しました。

この沢の上の山頂には、ヤマトタケルノミコトがイザナギ、イザナミの二神をまつったことが初めだといい伝えられる三峰神社があります。山頂にはロープウェイや観光道路が通じていますが、本村さんの話では、帰り路を森に被われた林道にとる観光客もいるということです。吉野さんはその林道から沢に迷いこんでしまったのではないか、というのが本村さんの意見でした。

亡くなった人の死因をあれこれ考えても、しかたがないといえばしかたのないことです。それでもその本村さんの意見には、私は賛成したい気持がしました。

吉野さんは初秋の奥秩父の風物をたずねて、きっとこの土地を訪れたのでしょう。そうして本村さんのいうように、三峰神社参詣の帰り、きっとまちがってこの沢の上のほうに入りこんでしまったのでしょう。山で迷った人は沢をたどって下へおりてゆきたい気持になる、それがいちばん危険だ、と本で読んだことがあります。吉野さんはこの沢をおりてゆけば、道にでられると思ったのではないでしょうか。そのうち、すべったりころんだり、場合によっては落ちたりして、からだのあちこちをいためたのでしょう。履きものをなくし、パニック状態におちいったかもしれません。沢の出口にたどりついてみると目の前は急な流れです。八月の末は雨が続き、流れはもっと激しかったはずだというのが、本村さんの指摘でした。私たちがいまおりてきたように、対岸から自動車道はあんがい近いのですが、この谷底の沢の入口に座ってまわりにせまった山や森を眺めると、いかにも人里離れた深山幽谷にとりのこされてしまったような気持がします。空腹と疲れ、痛み。からだの弱い吉野さんはこの場所で身動きできなくなったのではないでしょうか。やがて山国の夜の闇が、ひしひしと吉野さんに迫ってきたのではないでしょうか。

この場所にいても、あの自動車道を走る車の音は、瀬の音にまじって吉野さんの耳にもとどいたのではないか、と私は思いました。夜になれば木の間がくれにヘッドライトの照り返しがみえたかもしれない、と思いました。もし大きな声で助けを求めれば——ここまで考えて私の胸ははっと突かれたように痛みました。吉野さんはそれができないのです。

吉野さんがうずくまっていたという場所を私はもういちどみなおしました。灰色の大きな石がごろごろところがっているだけです。もうだれもいません。私は頭をたれました。

そのとき、本村さんが沢の入口の川原に生えている、丈の高い野の花を手折りはじめました。私が名前を知らない、白い、ちいさな花びらの野の花です。自分がさきにそのことに思いつかなかったことを恥ずかしく思いながら、私もすぐにそれにならいました。ふたりで折った野の花を吉野さんがいた場所において、それからあらためて黙禱をささげました。

そして吉野さんの生涯を思いました。

吉野さんが、長崎に原子爆弾が投下されたあの日どこにいた人か、吉野さんの「被爆者体験」がどのような過程をつうじて生成されていったのか、私には判りません。

私はただ、吉野さんの話の背後に、原子爆弾に被爆して亡くなった、無数の人々の声のない声を感ぜずにはいられません。その声が吉野さんを深くつき動かして、あのように、その被爆者体験を語らせたことを感ぜずにはいられません。もし亡くなった被爆者たちの体験、その人々の声が、吉野さんの話のなかにとりいれられていたとするならば、死者たちが生きている吉野さんの口をかりてその体験と怨念を私に語った、私の録音機をとおして限りない数の人々に語った、そう考えることは、それほど事実から遠くもなく、非科学的な表現でもないような気がします。虚構を語ることによって、その死者たちの怨念を身に負う重みにひしがれることが、吉野さんになかったでしょうか。それが不安定だった吉野さんの精神状態と、どこかでつながっていることはなかったでしょうか。あの日どこにいた人であっても、吉野さんは原子爆弾と人間との関係の極限を生きて死んだ人、そう感ぜずにはいられません。ひしひしと身に迫る山渓の深い闇のなかで、吉野さんはその人生を、どうふりかえったでしょうか。深山の闇のしじまをやぶる梟の呼ぶ声のなかに、たかまる瀬音の轟きのなかに、死者たちの怨みの叫びをきくことはなかったでしょうか。

私は自分自身の行為をかえりみてみました。戦後を長崎で暮らした私は、被爆後二〇年くらいたった時期から、このような作業が必要なことをぼんやりと感じはじめました。そ

のころある被爆者にあって、

「お盆休みにみんなが集まるのを機会に、〝家族座談会〟をやって、あの日のことを録音にとって孫子《まごこ》のために残しておくつもりだ。」

そういう話をきいたこと。原水爆被災資料センターの建設を政府に勧告した日本学術会議の学者たちが長崎にやってきて、資料の蒐集、保存をよびかけたこと。それらが、この作業を当時の勤め先で提案するヒントになりました。しかし自分がこの作業をはじめるうえでもっとも決定的だったことは、まえにも書きましたが、被爆後一五年目から爆心地に近い丘のうえの家に住んで、死者たちの白骨のうえに自分が寝起きしているという意識を持ちながらそれからの一〇年を送ったことにあるような気がします。その意識に動かされて、私はしぜんしぜんにこの作業をはじめました。被爆した都市の土のうえ、いわば死者たちの白骨のうえで、彼らが想像もつかないような、便利な、安穏な、地域では比較的にめぐまれた経済生活を送りながら、彼らについて、彼らがおちいった運命について、たいして関心もいだかないとすれば、私はどこかしら、人間らしくありません。

職場でこの仕事を担当できたのは六ヵ月だけでした。翌年、東京にきました。長崎を去ったのは凍りつくように寒い、その年の二月末のある夜でした。そのとき、私は自宅から歩いて数分のところにある、原子爆弾投下中心碑の前に立って、頭をたれました。頭をあげて碑のうえにひろがる晴れたま冬の夜空を仰ぐと、澄んだ空いっぱいに、星がまたたいているのがみえました。その星のひとつひとつが、原子爆弾で亡くなった七万五千人の人々、ひとりひとりの魂のように私には思えました。その人たちがじっと私をみつめているような気がしました。この作業のために七難八苦を与えたまえ、その星に私はそう祈りました。

七万五千の怨霊われにうつれかし

爆心の天　星な鎮みそ

そのとき、そんな短歌が胸にうかびました。

それから八年間、執念にもえ、不動の信念のもとにこの作業をつづけてきた、といえばまったくの嘘になりましょう。自分の無謀な選択の当否を疑い、自分のこの作業の意味を疑い、その未来を疑い、迷いながら、動揺しながら、この作業から逃げだす機会をうかがいながら、しかしこの作業を途中で放りだすことにはなにかしら自分の人間らしさを傷つけるものがあると感じながら、原子爆弾が、この行為をつうじて、私の人生にもなにかの意味づけを与えているように感じながら、私は作業をつづけてきました。

人間とはなんと弱いものでしょう。私はしばしば孤独感にとらえられ、自分の作業の意味を疑い、その未来を疑いました。このような作業にとりこめられなければ、自分にもあったかもしれないとしきりに考えられる、人生の他の可能性にたいする未練の前に動揺しました。何日も何日も、録音をおねがいにいった被爆者からきびしい拒絶にあうことが続くときは、次の被爆者を訪ねていく勇気がなかなかわかず、昼間からふとんをかぶって、当の被爆者からさえ支持されないことに心身をけずっている、自分の愚かさを哀れみました。ときには鬱症状におちいりました。そのとき、かつてはそれからの脱出をあれほどに願った、平凡な、当り前の、人々と同じような、日常的な生活にどれほどの憧れを抱いたでしょうか。友人から自分の生活を気違沙汰だと評されたとき、それが多少の畏怖の気持をこめた言葉であることを承知しながらも、平凡な生活者の言葉が持つその重さに、どれほどおびえを感じたでしょうか。人間とはなんと弱いものでしょう。

しかし、どんなに孤独を感じ、動揺しているときでも、私を支持してくれた人々がいます。それはほかでもない、原子爆弾で死んだ人々です。

被爆のまえの年に東京から長崎に転居した子供であった私は、被爆して亡くなった人を、具体的にはただのひとりも知りません。彼らはただ写真でみる黒こげの遺体、被爆者の話のなかの登場人物として、胸のなかに、抽象的に存在しているだけです。しかし、すでに死んでしまったために人間がおちいるすべての弱さから自由になった彼ら、永劫の永さから、人間の行為を計れるようになった彼らは、静かに、それでも確信にみちて、どんな場合にも私に告げたのです。

私たちは、お前を支持する、と。

彼らの励ましに勇気づけられて、そのとき私は心のなかでつぶやきました。気違沙汰か、そうかもしれない。しかしあれだけの数の人々を殺されながら、わずか三〇年しかたっていないのに、彼らのことをたいして思い出すこともなく送っている日々のほうが、いっそう気違沙汰ではないか。年より、赤児を含めた幾十万の人間の生活の上に、原子爆弾を投下したというそのことこそが、最大の気違沙汰ではないのか、と。

生きている人々のあいだでは孤独であった私にとって、死者たちは親しみ深い、なつかしい存在でした。瀬の音を背なかにききながら、自分をひきずり、ここまで歩ませてきたものも死者だったことを、あらためて私は思いました。

私は大滝村をあとにしました。

ゴム長靴のなかまで水にぬらした私を気の毒がって、本村さんはどこかから乾いた靴下をつごうしてきてくださいました。迷惑なだけの、突然の訪問者だったはずの私にたいするその親切に、私は心から感激しました。

役場の前からバスに乗って、この村をすぐに立ち去る気持になれませんでした。

しばらく渓谷に沿うた道を歩いてみました。いたるところにキンモクセイの香りがただよっています。この花の香りには、さまざまの想い出がまつわりついています。これから先、吉野さんを思うことなしに、この香りにふれることはないだろう。私はそう思いました。そして吉野さんの終焉の地が、やさしい心の人が住む、美しい村であったことにひとつの安らぎを感じました。この文章を書いてみよう。その道を歩きながら思いました。

自分が無遠慮な文章を公表したばあい、吉野さんの身のうえに異変がおこることを怖れて私は沈黙してきました。私の沈黙は結局役に立ちませんでした。吉野さんは自ら身のうえに異変をおこすことによって、私からその怖れをとりのぞきました。

吉野さんはその死によっても、私を震撼させます。

吉野さんは亡くなりました。しかしその被爆者体験を語った声は残りました。私もいずれ世を去ります。よい保存の状態にめぐまれることができれば、私の寿命よりは長く、この録音テープは生き残ることができるでしょう。そのとき、私はこの録音テープを、それがどんな由来をもった録音であるかを承知していただいたうえで、なおかつ人々にきいてもらいたいような気持がします。

原子爆弾が投下されてから三〇年たったのちになっても、なお被爆の劫火に灼かれつづけたふたりの男のふしぎな出会いの記録として、それは原子爆弾と人間との関係についてのなにかを、伝えつづけてくれるような気持がします。

深い渓谷に沿うた道にも夕暮の気配がせまってきました。雨あがりの夕焼けを背に、山の杉林が黒いシルエットをうかびあがらせてきました。

そのとき、私の胸のなかに、ひとつの詩がうかんできました。

これが有名な詩なのかそうでないのか、私は知りません。ある高名な作家が、その文章のなかに引用しているということを、友人のひとりにきいて知っているだけです。私はこの詩が、私のこの長い報告のさいごに、いちばんふさわしいような気がします。

死者を死せりというなかれ
生者のあらんかぎり
死者は生きん

# あとがき

被爆者の体験をご本人自身の音声によって記録・保存しようという試みは、一九六八(昭和四三)年一〇月、長崎放送の手ではじめられました。長崎での代表的な被爆者二〇〇人余の「声」を収録して、この試みは八年後終了しました。

「被爆者の声を記録する会」による私たちのおなじ試みは、一九七一(昭和四六)年七月からはじまり、広島・長崎・ビキニの被爆者、一〇〇〇人余の「声」を収録して、やはり八年後にいちおうの収束をみました。

八年のあいだに、被爆者のみなさまから、一二〇〇余通のおたよりをいただきました。まったく突然の、未知の、無名の訪問者であった私たちをあたたかく迎えいれ、胸のうちをあかしてくださった被爆者、おひとりおひとりのことを、一日たりとも忘れたことはありません。この機会に、あらためて心より御礼を申しあげたく思います。

この録音テープを、将来、公立の資料施設へ寄贈させていただき、公的な力で、恒久的な保存と有意義な活用をはかっていただくこと、寄贈以前にも、もし方法がみつかるなら、このお「声」をすこしでも人々に伝え、被爆者の心を知っていただくこと、それが、作業にたずさわってきた私たちの心よりの願いです。

この報告は、被爆者のお話をうかがって歩んだその八年余の経験のなかから生まれでてきました。

ここでは、あるひとりの方について書かせていただきました。しかしこの報告を書くことができるようになったのは、一〇〇〇人の被爆者のお話をうかがうことをつうじてであったことを、ご理解いただければと願っています。

主人公と、その周辺の方々については、かりの名を使わせていただきました。いくつかの地名はかえました。それいがいは、私が体験したままの事実です。

被爆者という存在のありよう、原子爆弾と人間との関係のありようを考えていただくうえで、このつたない報告を、すこしでもご参考にしていただけることを、被爆地・長崎で育ち、被爆者を肉親にもつもののひとりとして、心より念じております。

末尾で恐縮ですが、この文章を、上梓するうえで、励ましとご助力、有益なご助言をくださいました、増岡敏和氏と青木書店の西山俊一氏に心より御礼申しあげます。

一九八〇年一月三日

伊藤明彦

# 解説　被爆者とは誰か

今野日出晴

## 一

著者の伊藤明彦は、一九六八年一一月、長崎放送のラジオ番組「被爆を語る」をスタートさせる。この番組は、伊藤が、被爆地の放送局の責務として企画提案したもので、被爆者の声を記録し、保存することを主要な目的とし、その一部を放送しようというものであった(1)。しかし長崎放送入社後八年目、満を持して準備し、ライフ・ワークにもと思って始めた番組の担当を、社内の事情でおろされ、佐世保支局へ転勤させられてしまう。

伊藤は、不本意なままで済ますことはできなかった。一九七一年には長崎放送を退職し、あの日、あのときの話だけでなく、その後の生活のなかに刻まれてきた「被爆の傷跡」を、「その人自身の声によって記録し、表現したい」(本書七頁、以下頁数のみは本書からの引用)と考え、東京で「被爆者の声を記録する会」をつくる。それは、「広島・長崎・ビキニで実際に核兵器に被災した人たち」から、「その人たち自身の言葉と声で語ってもら」い、録音したテープは、「公立の『原水爆被災記念資料館』に寄贈」し、「公的な力で保存・公開してもらうこと」(二頁)を目的にするものであった。

そして、一九七一年七月から七九年六月まで八年ものあいだ、被爆者から話してもらう時間を確保しやすいように、定職ではなく、あえて「時間給三五〇円から五〇〇円の主として早朝・深夜の肉体労働に従事しながら、東京、広島、東京、福岡、長崎と転居をくりかえし、そこを足場に青森県の津軽地方から沖縄県の宮古島まで(2)」、およそ二〇〇〇人の被爆者を訪ねて、「全国二一都府県とマーシャル群島三島に在住していた原水爆被爆者あわせて一〇〇三人」の「被爆者の声」を採録する。その総数は、オープンリールテープ九五一巻にも及ぶものであった(3)。

一九八二年〜八四年には、その原テープをもとに、音声作品の編集制作にはいり、代表的な体験をおおまかに編集したオープンリール版『被爆を語る』(五一人分五二巻、約七〇時間)を制作し、全国一三か所の平和資料館、図書館へ寄贈する。一九八九年には、今度はナレーションを入れて本格的に編集を加えて音声作品化した、カセットテープ版『被爆を語る』(一四人分一四巻、一八時間三〇分)を制作し、全国九四四か所の平和資料館、図書館などへ寄贈する(4)。そして、二〇〇〇年には、さきの原テープ九五一巻の他に、『被爆を語る』シリーズのマザーテープを合わせて、一〇三六巻を国立長崎原爆死没者追悼平和祈念館開設準備室に贈った(5)。ここに至って、「公的な力で保存・公開してもらう」という当初の目的は達成されたことになる。

この頃には、ようやく、伊藤の活動が理解されはじめ、二〇〇一年には、第七回平和・協同ジャーナリスト基金賞、「シチズン・オブ・ザ・イヤー」を受賞する。二〇〇六年、伊藤は、さらに「祈念館へ寄贈した原テープと、長崎放送が六八年以来収録してきた録音テープ、あわせて一八四〇人分より抽出した、被爆者二八四人」の肉声をつないで「被爆の実相を時系列で再現した音声作品」、『ヒロシマ　ナガサキ　私たちは忘れない』(CD九枚組　八時間四〇分)を制作して、全国の平和運動団体、平和資料館、図書館、さらに教育関係者、市民運動家などへ寄贈・贈呈した。(6) そして、同年、日本ジャーナリスト会議は、この録音構成『ヒロシマ　ナガサキ　私たちは忘れない』に対して、〈JCJ〉特別賞をおくる。さらに、二〇〇八年には、「四〇年間にわたり全国の被爆者を訪ねて証言の取材を続けて声を収録し、さらに録音テープにまとめ施設に寄贈」したことに対して、第四二回吉川英治文化賞が贈られた。

概略を紹介しただけでも、核廃絶のための強い信念に裏打ちされて成し遂げられた偉業であることは、直ちに理解されるであろう。そして、伊藤の生涯を懸けて記録された、被爆者の声が、今後ますますかけがえのないものとして、価値を高めていくことも疑いをいれない。伊藤自身が明示しているように、「人間のこころを伝え、感情を伝え」ることを通じてこそ、「被爆の事実を伝える数字も品物も科学的データも、その生命を回復し、いっそう深く、人々に「被爆の実相」を伝えうる」(八五頁)ものになる。その点において、喪われようとする被爆者の体験が「声」によって遺されるということの意味と意義は計りしれない。その遺された被爆者の声は、核時代を生きる私たちにとっても、さらには、人類史においても、繰り返し立ち戻って、耳を傾けるべき、比類なき遺産といってよい。そして、驚嘆すべきは、それらが、伊藤明彦という一個人の、ほとんど独力によって成し遂げられたということである。

伊藤には、もう一つの重要な作品がある。一九八〇年に青木書店から刊行された本書『未来からの遺言――ある被爆者体験の伝記』である。一部には高く評価されながら、提起されている問題の深刻さからか、長く絶版になっていて、入手することが難しいものになっていた。一九七九年一〇月から一九八〇年一月のおよそ三ヶ月で一気呵成に書き上げられたが、それは、一千人に及ぶ被爆者の声の収録が終わり、次の音声作品の制作にいたるまでの期間に該当する。つまり、本書は、被爆者の声を録音するということと、その声をより多くの人に届けるという二つの営為の結節点に位置している。別の言葉で言えば、この作品を書かなければ、伊藤は、被爆者の声を人々に伝えるという、次の活動に足を踏み出すことができなかったのである。「吉野啓二」(仮名)という「被爆者」とのこと(「吉野啓二体験」)は、一つの「エピソード」というものではなく、「作業のほとんど全期間をつうじて胸のまんなかに座りつづけ」、「この体験に触れることなしに、私は被爆者を語る気持になれない」(二一〇〜二一一頁)というほどのものであった。

そう意味づけられるのは、一つには、他の被爆者から聞き取る際にも、「吉野さんに話してもらったように話してもらおう」と「それからの作業の目標」となり、伊藤の「そのごの作業の導き」(一一五頁)となっているからであった。そして、何よりも、「吉野啓二」との邂逅は、「被爆者を、原爆被害者としてだけしか、理解することができ」なかった伊藤に、「被爆者という存在のありよう」、「原子爆弾と人間との関係」をより深く考えさせる、重大な転換をもたらしたことにあった。「吉野啓二」と格闘することによって、「被爆者」が語る体験の「正真の事実」とは果たして何なのか、そもそも、人間が人間の体験に耳を傾けるということはどういうことなのか、そして、「被爆者とはそもそも誰なのか」という根源的な問いに立ち向かっていったのである。

## 二

伊藤の「胸にめばえた予感」、それは、「人間のこころを伝え、感情を伝え、それをつうじて『被爆の実相』を伝えるという目的にとって、『声』『ものがたり』『録音』ということの方法」は、「ゆくゆく、独自の働きと可能性を持つことができるのではないか」(八五頁)というものであった。ここでは、「声」と「録音」、そして、「ものがたり」について、それぞれの方法の意味するところを考えてみたい。

まず、「声」と「録音」、つまり、被爆者の肉声を録音によって記録・保存するという、伊藤の聞き取りの方法についてである。結論からいえば、それは、口述資料を残すという点で、もっとも本来的なオーラル・ヒストリーの意義を体現したものであった。通常は、聞き取ったことが文字化されて、「だれでも読めるように」トランスクリプト(書きおこし)が作成されるが、その過程で「作成者の解釈や変更が含まれ」るだけでなく、「文字情報へ客観化、固定化することは口述の豊かさを喪わせ平板化させることになる」。つまり、「口述の口述たるゆえんは、音声、声の抑揚や速さ、語りの調子や大きさなどの形式をともなっていることにあり、音声には語られる内容とは区別される意味や機能がある」(7)と位置づけられる。それゆえ、「本来の口述資料はレコーダーに録音され保存された『音声』」なのである。伊藤は、その点において、明確な意図をもって、もっとも本来的な口述資料を残そうとした。それは、「時代的な存在であることをまぬがれえない私たちが、いたずらな編集の手をくわえない、当事者自身による言葉と肉声を、無編集で次の時代の人々に手渡したい。解釈や解説ではなく、事実を報告したい。それがこの作業の出発点でした。解釈や編集は、その時代の人々にまかせればよいことです」(二一二頁)というところに明瞭にあらわれている。私からの聞き取り(8)で、伊藤は、「人間の感情をもっとも端的に表現する方法」は、「肉声による伝達」で「映像でも文章でも、伝えられないものを伝える」と語った。「いろいろ感情のこもった、切迫した」ものが、声に「全部出てくる」、例えば「壊れた屋根の上を逃げていく女性」の耳に、屋根の下から「タァスケテェー」という声が聞こえてきて、「八年」くらい、その女性の耳の中に声が残っていた。(9)その女性が思い起こしながら語る「タァスケテェー」という人の声が、「私たちにもつきささってくる」、それが「音声のもっている特性」であると語った。

また、繰り返し語られたのは、「目的は方法を規定する」ということであった。つまり、「人間のこころを伝え、感情を伝え、それをつうじて『被爆の実相』を伝えるという目的」にとって、「人間の感情、人のこころを、『声』のなかにとらえる」(八五頁)という方法こそが、もっともふさわしかったのである。

それゆえに、被爆者の肉声をクリアに残すことに細心の注意が払われた。それは、「自分は放送屋」であり、「あとで編集することを前提に、被爆者に聞いている」ということとも関わっていた。(10)具体的な技法として、伊藤は、同意の「相槌も、絶対声を出さない」、「大きく頷いて、その気持ちを相手に伝え」ようとする。そして、「相手の話をさえぎって、聞き返すようなこともしない」。不思議に思ったことや疑問に感じたことは、首をひねったり、「驚いたときは驚いたときの表情」で伝えようとしていた。自らの質問は必要最小限にして、被爆者の語りたいことをさえぎらずに納得のいくまで話してもらうこと、そこで発現されるリアリティを大事にする方法であった。「私(=伊藤、聞き手)の声は、雑音ですから」ということが、その方法的立場を示している。「吉野啓二」への聞き取りでも、「ひと通り」話してもらったあとに、「判らなかったこと」や「足りなかったことを確かめ」(一七頁)ながら進めていく。実際、テープを聞いてみると、まず、伊藤は、九日の「朝から、思い出す限り、時間をおって、具体的に何をして、何がおこって、何を見たり聞いたりしたか、話してください」とうながす。そして、「吉野啓二」が、朝起きてから被爆し、救護所に行き、父の遺体の確認までを一挙に話し終えると、伊藤は、再び被爆直後に戻って、その時の情景、自宅や人々の様子をたずね、行きつ戻りつして具体的に思い出せるような聞き方をしている(本書では、それらが時系列に整序されている)。それと異なって、聞き手が積極的に語り手に「疑問」を投げかけたり、自らの意見を「対置」させたり、あたかも「討論」のようにして進められる方法もある。それは、語り手の忘却や記憶違いを、聞きながら修正していく「資料批判」というプロセスを重視するもので、重要な手法と言って良い(11)。どちらの方法も意味のあることで、それは、やはり、目的によって規定されるべきなのだ。伊藤は、「当事者の肉声という特別の方法で、それを自分たち以後の世代に伝え、核兵器と被爆した人間の問題を考えてもらおう」(一四九頁)と考えたから、この方法を選んだのである。

次に、伊藤は、なぜ、「ものがたり」というかたちで、被爆体験を提示しようとしたのか、その意味を考えてみたい。まず、被爆者の声を無編集に収録した九五一巻の原テープを素材に、オープンリール版『被爆を語る』では、五一人の体験をナレーションなしで、カセットテープ版では、一四人の体験をナレーション付きで、それぞれ一人の体験が一時間から二時間でまとめられて編集されている。例えば、カセット版の編集では、「われらみなアブラハムの子孫」という、韓国人被爆者の女性が体験を語ったもの[12]が参考になる。伊藤によれば、彼女は、キリスト教に入信し、キリスト者になることによって、自分を差別した日本も、原爆を落としたアメリカも許した。「未だに差別する日本人」「何の保障もなく失った子どもたち、日本人には保障があり自分にはなにもない」。「保障しようとしない政府、そういう恨み、つらみに沈んでしまったら、地獄」になる。「彼ら皆アブラハムの子孫じゃないか」として「それを全部許した」。伊藤は、「許したことによって、誰がすくわれたか、彼女が救われたんじゃないか」と考える。「実は、彼女、いろいろ愚痴をいっている」、しかし、それを「作為的に」削除して編集したという。つまり、「人を許した韓国婦人という物語を私はつくりたかったから」、「その人間像を汚す、というのか、傷つけるような、邪魔な話は」必要ではなかった。

そして、次の『ヒロシマ　ナガサキ　私たちは忘れない』は、これ以前の二つの作品とは全く異なった音声作品になっている。つまり、「被爆者二八四人」の肉声をつないで「被爆の実相を時系列で再現した」一つの物語にしたのである。はじめて聞いた時に、強い感銘を受けるとともに、いくつかの疑問が残ったことも事実であった。その一つが、なぜ、ここでは、一人一人の被爆者の体験がバラバラに分節化され、一つの物語として統合されてしまったのかということ、そして、これまで示されていた、被爆者の年齢、性別、被爆地、など基本的な情報が示されないのかということであった。つまり、全体を一つの物語にしたことの意味と、記録としての信憑性についての疑問であった。そこで、率直にその点を尋ねると、伊藤は、「技術的なことからいえば、アナウンサーに」、名前や年齢などを「読ませるととんでもなく聞きにくい作品」になり、「信憑性は担保できるかもしれないが、作品としては大失敗」であるという。そして、もうひとつ、「私に」は「アンビション(ambition)」があるとして、次のように語った。「山椒大夫という物語」があるが、それは、「想像するに、ある事実から、題材として、自然にできあがった説話」で、「作者無名で、作品だけが残って、日本人共有の財産になっている」。実は、「音声作品の語り手も無名、作り手も無名、昔誰かがつくったらしいという言い伝えだけが残る」ようなものを望んでいる。「私の名前も消えていくのが理想」であり、それが「私の密かなる野心」というものであった。「ラジオ番組」であれば、語り、技術、取材と構成、というかたちで、担当者の名前が告げられるが、この「CD作品に関しては無名性というのを大事にしたい」[13]ということであり、このCD作品の最後に「この作品は、広島、長崎の被爆者と、被爆者と同じ時代に生きた者の協力によって二〇〇六年に制作されました」とナレーションがはいるが、そこで名前を告げないこともそういう理由であると語った。その意味では、このCD作品こそが、「ものがたり」として、被爆者の体験を伝えるための終着点として想定されていたことがわかる。被爆者の個々の体験の多様性を、一つの物語としてまとめて、「被爆民話」として提出することで、語り手も作り手も無名なまま、人々の共有の財産にしたいと考えたのである。「被爆体験の結晶化」によって「被爆民話」を実際につくりあげようということであった。

## 三

序文では、「この物語の主人公と、周辺の人々の本名をあかすことはできません」として、仮名であることと「物語」であるということが示され、あとがきでは、仮名と地名の変更以外は、「私が体験したままの事実」であると記されている。自らが体験した事実に根ざしながら、「物語」として提出されていること、ここに本書の立場があらわれている。

なぜ体験した事実に根ざしながら、「物語」としなければならなかったのか、それは、伊藤明彦と、「被爆者」「吉野啓二」との格闘の内実を問うことにつながっていく。その点では、未だ本書を読了していない場合は、ここでいったん、この頁を閉じて、本書を読み終えてからここに戻ってきていただきたい。これからの記述には、本書の核心部分に関わっての「秘密の暴露」があり、そして、主人公「吉野啓二」をめぐって、いささか立ち入った考察をおこなおうとするからである。

まず、伊藤は、「吉野さんの話に深い感銘を受け」ながら、その一方で、「あまりにできすぎてい」て、「まるまる事実としてうけとることへのためらい」(一一六頁)を感じる。その理由は、まず、吉野さんと「似た境遇」でありながら、著名な「ある婦人の被爆者」(＝渡辺千恵子、一一七頁)と比較して、「無名」(一一八頁)であるということであった。ニュースや番組の対象になるような被爆者の「条件」をもっていながら、無名であることへの疑いであった。次に、八月九日に城山国民学校へ登校したというが、「当時の教頭先生」(＝荒川秀男、一一九頁)によれば、生徒たちを登校させていなかった。さらに、被爆直後から長崎医科大学附属病院に収容され入院していたとするが、附属病院は当時廃墟になっていて組織的な救護・医療活動は行われていなかった。伊藤は、そうした「疑問」を抱きながら、(14)「少々の矛盾や混乱があってもすこしのふしぎ」もないが、ただ、「この話を正真の事実として第三者に紹介するということになると」「この話が真実のものであることを保証する責任が」(一二二頁)生じると考えた。

そうしたなか、一九七六年『広島・長崎の原爆被害とその後遺――国連事務総長への報告』での、事例四「星野恵二さん(仮名)」(一四三頁)の記述に出会う。この「星野恵二」という名前は伊藤の創作であり、実際の報告書では、「小野耕治さん(仮名)」となっているが、それ以外は、正確に引用されている(一四三〜一四七頁)。啞然としながらも、伊藤は、「吉野啓二」が、この報告書での「星野恵二」(＝「小野耕治」)であるということは、「九九パーセント、間違い」ないと考える。

伊藤は、自らが聞き取った「身の上話」とこの報告に記された話との違いに衝撃をうけ、その「真実性」を探求しても良いのか、突きつめていく。ここでの問いは、単に、語り手の間違いや記憶違いをどのように扱うのかという方法的な次元をこえて、聞き手は、語り手の語った内容のどこまで責任をもつべきか、あるいは、他者の体験を聞き取るということはどういうことなのか、という根源的なところにまで踏み込んだものになっている。付随的にいえば、「正真の事実」と「虚構」の問題、「真実性」の意味、記憶と語り方など、のちに、一九九〇年代になって「従軍慰安婦」論争などで浮上する問題群について、すでにこの段階において、原理的な考察をおこない一つの方向性を示しているということでもある。

伊藤は、「被爆者の記憶のあいまいさ」や、あるいは、「被爆者が事実をかくしたり、事実をかえて語ったりすることがあった」としても、それは「おそすぎた訪問者」である私たちにその責任はあると明言する。語り手と聞き手との関係において、あるいは、「戦争体験」を聞き取るという実践において、一九八〇年という時期に、明確に、そして、これほど、率直に、聞き手の責任の所在を明示した文章を知らない。さらに、重要なことは、事実の隠蔽や虚偽があったとしても、被爆者がそうせざるをえない「社会の条件」とは何か、さらに、虚偽を語るということと、その人が被爆したこととの関係とは何か、そこにこそ「深い関心」を抱いて洞察しなければならないとしていることであろう。

伊藤は、ついに「吉野啓二」の「ふたつの身の上話」の真偽を明らかにしようと九州に向かう。福岡で「吉野さんの原戸籍の謄本」を入手し、戸籍と二つの身の上話との関係、その有り得べき可能性を検討する。そして、伊藤は、録音した話の「内容の大すじにおいては正真の事実であるという確信を」得ようと、その「真実性」を検証したが、「傍証はすこしも得られなかった。この話が正真の事実であるという確信はまったく持ちえない」(一八三頁)と結論づけるのである。

伊藤は、最後にたどりついた疑問、「被爆体験がいつわって語られたことと、その人が被爆しなかったこととの関係」(一九一頁)を考え続ける。「吉野さんが被爆しなかった」と空想しても、現実に残るのは、病弱で、小柄で、吃音であることからくる、「苦難に満ちた」人生に思いいたる。そして、「人が、生まれながらにこのような条件を背負って人生を歩みはじめたとしたら」、「その苦悩の意味づけを、どのようにして得ることができる」(一九二頁)のかという問いを発見する。被爆者ではない、「吉野啓二」の酷薄な人生を通して、自分の生の意味を希求する思いの強さを知るのである。なぜ、自分は苦しまなければならないのか、自らが生まれた意味は何なのか。その意味づけの果てに選ばれたのが、被爆者であったということ、そこから「人間と被爆との関係」に洞察を加えるのである。原子爆弾が「あまりに残虐で、犯罪的で、人類の未来にたいして破滅的状況を与える無気味な可能性を持っている」(一九四頁)からこそ、それを廃絶させ、使用を阻止させようとする人間の営みは、限りなく大きな意味があるのだ、と。それゆえに、「吉野啓二」は「被爆者」たらんとしていたのだ、と。

「吉野啓二」の真実を明らかにしようとする、緊迫感あふれる記述と、「吉野啓二体験」を通して、人間というものに加えられた深い洞察——まさに「被爆者体験の思想化」とでもいうべきものであろう——は、本書の白眉であり、一〇〇〇人もの被爆者から被爆体験を聞き取るという、その営為を通してこそ、可能になったもののように思う。

かつて、石田忠は、被爆詩人福田須磨子と出会ったことで、原爆と人間を対置し、「〈原爆〉は人間に対して何をなしたか」という被害の局面と、それゆえ「人間は〈原爆〉に対して何をなすべきか」という主体的な営為の局面とを追求し、「原爆体験の思想化」を果たした。(15) そして、ほぼ同じ時期に、伊藤明彦は、「吉野啓二」と出会い、それも、「吉野啓二」が虚構を語ることによって、「被爆者体験の思想化」は成し遂げられたのである。それゆえに、「被爆者とは果たして誰か」／「われらみなヒバクシャである」ということの意味を根底から考えさせるのである。

伊藤にとっては、「この作品を書くことで、私のなかで、わだかまっていることは解決したから」、「吉野啓二」の「お兄さんに会いにいって、被爆者であるかないか」を確かめる必要はなくなっていた。(16) しかし、解説執筆にあたっては、そもそも、「吉野啓二」が、国連への報告書での「星野恵二」(＝「小野耕治」)と同じ人物をさしているのか、そうした基本的なことも含めて、いくつか確認をとる必要を感じた。つまり、伊藤が体験した事実に根ざしながら、「物語」として提出されていることに対して、後世の検証を可能にするため、現在の地点にたって、事実の領域を少し拡張したいと考えたのである(一部実名を示してたのもそうした理由による)。

報告書の「あとがき」には、この作成のための「各分野の専門家による作業グループ」として、「伊東壮　庄野直美　川崎昭一郎　田沼肇　草野信男　峠一夫　佐久間澄」の七名のメンバーと、「I　原爆被爆者の三〇年――事例研究」での「事例一および三〜五は、原玲子ほか、広島と東京の被爆者医療ソーシャルワーカーの協力を得て作成、事例二は、石田忠編『反原爆――長崎被爆者の生活史』(一九七三年、未来社)から抄録、事例六は、一九七六年三月、イギリスのヨーク大学で開催された『軍拡競争の終結と軍縮のための国際フォーラム』における日本代表・平塚淳次郎の報告を再録したものである」と記され、「事例研究の全体的な編集には、浜谷正晴、伊藤直子が協力した」とある。そして、「II―2　被害の医学的実態」の執筆には、「臨床医の立場から、肥田舜太郎、千葉正子、小林栄一、田坂正利が参加した」のであった。事例一、三、五は、広島の被爆者であり、事例四が「小野耕治」であるから、事例四を主要に作成したのは「原玲子」ではないかと推測される。そこで、事例四に関わる原玲子と、全体の編集の伊藤直子に対して聞き取りをおこなった。(17)

まず、「吉野啓二」が「小野耕治」であることは事実であった(以下、混乱を避けるために、

「吉野啓二」で統一する)。一九七五年東京に戻ってきた伊藤が、五月に「吉野さん」と会い、「精神状態が平常でないこと」を心配し、代々木病院に行き、「吉野さんの主治医と担当のケースワーカー」(二四二頁)に会って相談していたが、実は、この主治医が千葉正子であり、担当ケースワーカーが原玲子であった。したがって、これが国連の報告書を「書いた人がだれかも、私にはおおよそ判りました」(二四八頁)と記したことの意味であった。

「吉野啓二」に対する聞き取りは、時系列からすれば、伊藤が一九七一年におこない、その後、一九七六年の国連の報告に向けて、原がおこなったようにみえる。しかし、そう単純なものではなかった。関西から東京へでてきた吉野は、一九六三(昭和三八)年には、「浅草初音寿司」などに働き、「簡易旅館」、「一時保護所」などにいて、「目黒の愛隣会に入所し、生保受給する」(「原メモ」、本書一七頁、共通するものを記した)。そして、「原メモ」には「昭和四一年二月手帳交付」、「昭和四一年一一月当院受診、以後引き続き受診中。昭和四九年までは入退院のくり返しであった」とある。そして、既に「被爆者健康手帳」を取得していた吉野が、代々木病院の初診(一九六六年)の際に語った話として、「家族は本人をのぞいて全員死亡、被爆時は、本人一人しか家の近くにいなかったが、自宅は全焼したため救護所を転々として家族を探した。が、本人具合悪くなり、一~二ヶ月収容所にいてその後長崎医専病院に移された。全く動けない状態だった。ここに三年位いたとのこと。退院後、福岡の知人をたよっていった」と記されている。つまり、伊藤が聞き取りをおこなう一九七一年以前に、被爆によって両親を失うという、ある種の原型ともいえる話が、すでにつくられていたのであり、それが原によって聞きとられていた。[18] そして、伊藤が聞きとったときには、その原型が、あの印象的な「お姉さん」との情景を含んだ、ある種の「物語」として語られたのである。

原は、「あくまで詮索」にすぎないが、「伊藤明彦さんが自分の聞き取りをしてくれるというところで」、吉野さんは、「ひとつ構えたのではないか」と推測する。著名な被爆者の声を何人も聞き取り、「記者であった伊藤さんが、聞いてくれる」、「被爆者として選ばれし者という意識がなかったとはいえない」と語る。この時期の「吉野啓二」は、悲しいまでに「被爆者」たらんとしていたのである。

国連へ報告書を提出するに際して、伊藤直子によれば、「ある意味では無機質的な報告ではなく、「事例をいれた、生のいきいきした、人間の姿をきちんと出す必要がある」ということで、東京、広島、長崎のケースワーカーに検討を依頼したという。そのころ、原は、「生活を聞き取ることが、治療にも役に立つ」と被爆者の生活史を聞きとる事例研究会を行っており、そうしたことが前提となって、主治医の千葉正子とともに、「吉野啓二」の事例をまとめることになる。報告書は、原爆孤老や被爆二世など、多様な事例を選び、全体として「原爆被害とその後遺」が具体的にわかるように構成された。「吉野啓二」の事例は、いわゆる「原爆ぶらぶら病」の一つの典型として提出されたのであった。すでに、一九七〇年には慢性肝機能障害と副腎皮質機能低下症を理由として認定患者になっていたが、この時期には、「無力症候群、不安神経症、末梢循環障害などがあり、体のバランスをいったん崩すと、実に三七種類もの全身にわたる疾病があらわれる」(一四六頁)という現実があった。きちんとした「医学的な検査データ」があり、「症例がともなっていた」。伊藤が記すように、「法律できめられていた被爆者の範囲」は、「しだいに拡大されて現在のような形に」(一九八頁)なったのであり、過去においては被爆者の範囲に入っていなくとも、現在は被爆者の範囲に入るということは十分にありえる。[19]

また、「原メモ」には、「昭和五一年秋には、又、調子をくづした。深刻な表情でやってきて『自分はにせ被爆者だけど、どうしたらよいか』と訴えることもあった」と記されている。原は、苦しみのあまり、そこから逃れたいと思う被爆者が、「自分は被爆者ではない、にせ被爆者だ」と語るような事例があり、「吉野」の訴えもそうしたものと考えたという。こうした事態を知るにつけ、虚偽の記憶に自らが翻弄される「吉野啓二」の姿が浮かんでくる。あるときは、全き「被爆者」たらんとし、あるときは、「被爆者」から逃れようとする。やはり、虚偽の記憶は、とても深刻な問題を孕んでいる。[20]

しかし、考えられることは、「吉野啓二」が「被爆者」たらんとして、もっとも高揚した、ある種のピークをとらえたものが、伊藤の録音ではなかったかということである。だからこそ、そこでは、「複数の人間の体験がひとりの人間の体験に凝縮され」(一八七頁)たものとして語られたのであり、原爆で亡くなった死者の、喪われた体験をも伝える〈伝声管〉になりえた希有の瞬間がとらえられたのであった。まさにこのときに、過去の喪われた数多くの体験の、深部にある真実が、私たちの現在に開示されたのである。

＊ 原玲子・伊藤直子の両氏からは、貴重なお話を聞くことができた。また、岩波書店編集部の大塚茂樹氏には、本書の刊行にご尽力いただいた。記して厚くお礼を申し上げる。
今回、何度も伊藤明彦さんの声を聞き直して、伊藤さんの表情や身振り、手振りがよみがえり、あらためて〈声の力〉を実感することができた。本書をきっかけに、一人でも多くの人が、「被爆者の声(管理人・古川義久氏)」(http://www.geocities.jp/s20hibaku/)に耳を傾けていただけたらと思っている。核兵器廃絶のために、伊藤さんがもっとも期待をかけたものであり、それが、遺志でもあった。

(1) その後番組名は、「長崎は証言する」に変わったが、放送は現在も続いており、二〇〇四年には、第四一回ギャラクシー賞(報道活動部門選奨)を受賞した。
(2) 伊藤明彦『原子野の『ヨブ記』かつて核戦争があった』(径書房、一九九三)一〇頁。
(3) 本書では、一〇〇二人、九五〇巻となっている(二一〇頁)が、正しくは、一〇〇三人、九五一巻。一〇〇三人の内訳は「広島での被爆者五七二人、長崎での被爆者四〇七人、二重被爆者三人、両地での記録関係者、被爆者のご家族それぞれ一人、ビキニ水爆実験被災者一九人」(伊藤明彦『夏のことば』私家版、二〇〇七年、八〜九頁)。

(4) 前掲『夏のことば』(私家版、二〇〇七年)一五頁。自費で作製された複製テープは一三六六〇巻で、寄贈先は、前掲『原子野の『ヨブ記』』の巻末に掲載している。

(5) 一部ダビングしたテープが重複して存在するため一〇三六巻としたが、重複をのぞけば一〇三三巻。祈念館は、二〇〇三年に開館し、それらの音源は順次デジタル化され、端末から聴くことができる。

(6) 伊藤明彦『夏のことば』(私家版、二〇〇七年)一六頁。

(7) 桜井厚「『事実』から『対話』へ――オーラル・ヒストリーの現在」(『思想』二〇一〇年八月)二三八頁。

(8) 伊藤に対しての主要な聞き取りは、二〇〇六年七月九日(東京)、二〇〇七年一月一四日(広島)におこない、本書における仮名についても確認した。必要な範囲で「周辺の人々」の実名を示しながら解説する。なお、中村政則も私と前後して聞き取りをおこない、考察を加えている(『昭和の記憶を掘り起こす』小学館、二〇〇八年、二六六〜二六八頁)。

(9) 伊藤が具体例としてあげた事例は、伊藤明彦音声作品『ヒロシマ　ナガサキ　私たちは忘れない』(ディスク1　証言二九「死んどる者を背負うて」)。「被爆者の声」のサイトでは、http://www.geocities.jp/s20hibaku/1/33_f.html

(10) その点で、「録音の質」が問われるのであり、なるべく良い音質で録音するために、伊藤は、重さ一三キロのオープンリールのテープレコーダーを担いで採録に向かった。そして、何よりも、相手の声に自分の声が重ならないように心がけていた。
(11) 大門正克「オーラル・ヒストリーの実践と同時代史研究への挑戦―吉沢南の仕事をてがかりに―」(『大原社会問題研究所雑誌』第五八九号、二〇〇七年)五～六頁。
(12) カセット版『被爆を語る』第四巻。「被爆者の声」で聞くことができる。http://www.geocities.jp/s20hibaku/c_kataru/c_04/c_04.html
(13) 伊藤は、テープに対応した整理名簿を作成しており、そこに、録音月日、場所、氏名、生年月日、現在の職業・住所、被爆時の職業・住所、そして、家族歴、戦後の生活史など、基本的な情報は記載されている。このCDは、「正真の事実」と確信したものだけを使用したと語った。
(14) 伊藤は、「吉野啓二」が「被爆直後の長崎を知らなかった人間に違いない」と語った。ただ、全く無関係であったわけではなく、「深堀という名前を知っていたり」、「長崎医大の後藤教授を知っていたり」、「戦後ある時期、お兄さんを頼って、長崎に住んでいたに違いない」と推測する。「深堀」(二四頁)は、長崎ではカトリック信者の代表的な姓とのことで、後藤教授とは、吉野の語りのなかでは「長崎医大に、僕の親父を知っていた先生」(三〇頁)、「長崎大学医学部の、実在の教授」(一七九頁)として登場する(長崎医科大後藤敏郎教授、のち配置換えで長崎大学医学部へ)。
(15) それは、「〈原爆〉のもった最大の意味は、それが原爆否定の思想を生み出したというところに在る。この思想形成の必然は被爆者の〈生〉そのもののなかに在る」(石田忠『反原爆――長崎被爆者の生活史』未来社、一九七三年)という序文の言葉に端的にあらわれている。

(16)　もちろん、「吉野啓二」本人と被爆者運動全体に対してもたらす影響を考慮したことは、いうまでもない。したがって、仮名と物語という、本書の形式は、一九八〇年段階で、きわめて周到に考えられたものであった。
(17)　二〇一二年五月二八日(東京)。なお、原は、一九七六年六月、国連の報告をまとめるために、家族歴や聞き取った内容などのメモをつくっていた(「原メモ」とする)。
(18)　一九七六年六月「国連事務総長への報告をまとめるにあたってあらためて本人から聞いた」ところ、「大きなくいちがいが」わかったのである。原メモによれば、「私達は天涯孤独と思いこんでいましたため、これをきいて、大変おどろきましたが、本人は兄から『お前のようなものがいるとわかれば妹たちが困る。オレのところには出入りしてもよいが、妹達のところとはいっさい連絡をとるな』といわれているとのことで、自分一人で生きていくしか方法がないということから全員死亡したという話になったのではないか」と記している。それゆえ、国連への報告では、家族が全員死亡したという話は採用されなかった。
(19)　「吉野啓二」がそれに該当する可能性はきわめて低いが、もし、そうであれば、本当は被爆者であったにもかかわらず、当時の基準から本人は被爆者ではないと思い、偽って被爆者として生きてしまうという、痛ましい事態になる。
(20)　虚偽の記憶をどのように引き受けるかということにつながっている。主治医の千葉正子は、伊藤の著書を読んだ後でも、「あくまでも、私たちは、被爆者として引き受けておくりだしましょう」と語ったことは、医療に携わってきた者の真摯な立場を示している。

(岩手大学教授、歴史教育)

本書は一九八〇年、青木書店より刊行された。

未来からの遺言 ── ある被爆者体験の伝記

2012 年 7 月 18 日　第 1 刷発行
2025 年 7 月 4 日　第 2 刷発行

著　者　伊藤明彦《いとうあきひこ》

発行者　坂本政謙

発行所　株式会社　岩波書店
〒101-8002 東京都千代田区一ツ橋 2-5-5

案内 03-5210-4000　営業部 03-5210-4111
https://www.iwanami.co.jp/

印刷・精興社　製本・中永製本


ISBN 978-4-00-603246-3　Printed in Japan

# 岩波現代文庫創刊二〇年に際して

二一世紀が始まってからすでに二〇年が経とうとしています。この間のグローバル化の急激な進行は世界のあり方を大きく変えました。世界規模で経済や情報の結びつきが強まるとともに、国境を越えた人の移動は日常の光景となり、今やどこに住んでいても、私たちの暮らしは世界中の様々な出来事と無関係ではいられません。しかし、グローバル化の中で否応なくもたらされる「他者」との出会いや交流は、新たな文化や価値観だけではなく、摩擦や衝突、そしてしばしば憎悪までをも生み出しています。グローバル化にともなう副作用は、その恩恵を遥かにこえていると言わざるを得ません。

今私たちに求められているのは、国内、国外にかかわらず、異なる歴史や経験、文化を持つ「他者」と向き合い、よりよい関係を結び直してゆくための想像力、構想力ではないでしょうか。

新世紀の到来を目前にした二〇〇〇年一月に創刊された岩波現代文庫は、この二〇年を通して、哲学や歴史、経済、自然科学から、小説やエッセイ、ルポルタージュにいたるまで幅広いジャンルの書目を刊行してきました。一〇〇〇点を超える書目には、人類が直面してきた様々な課題と、試行錯誤の営みが刻まれています。読書を通した過去の「他者」との出会いから得られる知識や経験は、私たちがよりよい社会を作り上げてゆくために大きな示唆を与えてくれるはずです。

一冊の本が世界を変える大きな力を持つことを信じ、岩波現代文庫はこれからもさらなるラインナップの充実をめざしてゆきます。

(二〇二〇年一月)

S297
## フードバンクという挑戦
―貧困と飽食のあいだで―
大原悦子

食べられるのに捨てられてゆく大量の食品。一方に、空腹に苦しむ人びと。両者をつなぐフードバンクの活動の、これまでとこれからを見つめる。

S298
## いのちの旅
「水俣学」への軌跡
原田正純

水俣病公式確認から六〇年。人類の負の遺産「水俣」を将来に活かすべく水俣学を提唱した著者が、様々な出会いの中に見出した希望の原点とは。〈解説〉花田昌宣

S299
## 紙の建築 行動する
―建築家は社会のために何ができるか―
坂 茂

地震や水害が起きるたび、世界中の被災者のもとへ駆けつける建築家が、命を守る建築の誕生とその人道的な実践を語る。カラー写真多数。

S300
## 犬、そして猫が生きる力をくれた
―介助犬と人びとの新しい物語―
大塚敦子

保護された犬を受刑者が介助犬に育てるという米国での画期的な試みが始まって三〇年。保護猫が刑務所で受刑者と暮らし始めたこと、元受刑者のその後も活写する。

S301
## 沖縄 若夏の記憶
大石芳野

戦争や基地の悲劇を背負いながらも、豊かな風土に寄り添い独自の文化を育んできた沖縄。その魅力を撮りつづけてきた著者の、珠玉のフォトエッセイ。カラー写真多数。

2025. 6

S302
## 機会不平等
斎藤貴男

機会すら平等に与えられない〝新たな階級社会の現出〟を粘り強い取材で明らかにした衝撃の著作。最新事情をめぐる新章と、森永卓郎氏との対談を増補。

S303
## 私の沖縄現代史
―米軍支配時代を日本〈ヤマト〉で生きて―
新崎盛暉

敗戦から返還に至るまでの沖縄と日本の激動の同時代史を、自らの歩みと重ねて描く。日本〈ヤマト〉で「沖縄を生きた」半生の回顧録。岩波現代文庫オリジナル版。

S304
## 私の生きた証はどこにあるのか
―大人のための人生論―
H.S.クシュナー
松宮克昌訳

私の人生にはどんな意味があったのか？　人生の後半を迎え、空虚感に襲われる人々に旧約聖書の言葉などを引用し、悩みの解決法を提示。岩波現代文庫オリジナル版。

S305
## 戦後日本のジャズ文化
―映画・文学・アングラ―
マイク・モラスキー

占領軍とともに入ってきたジャズは、アメリカそのものだった！　映画、文学作品等の中のジャズを通して、戦後日本社会を読み解く。

S306
## 村山富市回顧録
薬師寺克行編

戦後五五年体制の一翼を担っていた日本社会党は、その誕生から常に抗争を内部にはらんでいた。その最後に立ち会った元首相が見たものは。

## 岩波現代文庫［社会］

S307
### 大逆事件
―死と生の群像―
田中伸尚

天皇制国家が生み出した最大の思想弾圧「大逆事件」。巻き込まれた人々の死と生を描き出し、近代史の暗部を現代に照らし出す。〈解説〉田中優子

S308
### 「どんぐりの家」のデッサン
漫画で障害者を描く
山本おさむ

かつて障害者を漫画で描くことはタブーだった。漫画家としての著者の経験から考えてきた、障害者を取り巻く状況を、創作過程の試行錯誤を交え、率直に語る。

S309
### 鎖塚
―自由民権と囚人労働の記録―
小池喜孝

北海道開拓のため無残な死を強いられた囚人たちの墓、鎖塚。犠牲者は誰か。なぜその地で死んだのか。日本近代の暗部をあばく迫力のドキュメント。〈解説〉色川大吉

S310
### 聞き書 野中広務回顧録
御厨貴
牧原出 編

二〇一八年一月に亡くなった、平成の政治をリードした野中広務氏が残したメッセージ。五五年体制が崩れていくときに自民党の中で野中氏が見ていたものは。〈解説〉中島岳志

S311
### 不敗のドキュメンタリー
―水俣を撮りつづけて―
土本典昭

『水俣―患者さんとその世界―』『医学としての水俣病』『不知火海』などの名作映画の作り手の思想と仕事が、精選した文章群から甦る。〈解説〉栗原彬

S312
増補 隔離
―故郷を追われたハンセン病者たち―
徳永 進

らい予防法が廃止され、国の法的責任が明らかになった後も、ハンセン病隔離政策が終わり解決したわけではなかった。回復者たちの現在の声をも伝える増補版。〈解説〉宮坂道夫

S313
沖縄の歩み
国場幸太郎
新川 明
鹿野政直 編

米軍占領下の沖縄で抵抗運動に献身した著者が、復帰直後に若い世代に向けてやさしく説き明かした沖縄通史。幻の名著がいま蘇る。〈解説〉新川 明・鹿野政直

S314
ぼくたちはこうして学者になった
―脳・チンパンジー・人間―
松本 元
松沢哲郎

「人間とは何か」を知ろうと、それぞれ新たな学問を切り拓いてきた二人は、どのような生い立ちや出会いを経て、何を学んだのか。

S315
ニクソンのアメリカ
―アメリカ第一主義の起源―
松尾文夫

白人中産層に徹底的に迎合する内政と、中国との和解を果たした外交。ニクソンのしたたかな論理に迫った名著を再編集した決定版。〈解説〉西山隆行

S316
負ける建築
隈 研吾

コンクリートから木造へ。「勝つ建築」から「負ける建築」へ。新国立競技場の設計に携わった著者の、独自の建築哲学が窺える論集。

岩波現代文庫[社会]

S317
## 全盲の弁護士　竹下義樹
小林照幸
視覚障害をものともせず、九度の挑戦を経て弁護士の夢をつかんだ男、竹下義樹。読む人の心を揺さぶる傑作ノンフィクション！

S318
## 一粒の柿の種
―科学と文化を語る―
渡辺政隆
身の回りを科学の目で見れば…。その何と楽しいことか！　文学や漫画を科学の目で楽しむコツを披露。科学教育や疑似科学にも一言。〈解説〉最相葉月

S319
## 聞き書　緒方貞子回顧録
野林健
納家政嗣 編
「人の命を助けること」、これに尽きます――。国連難民高等弁務官をつとめ、「人間の安全保障」を提起した緒方貞子。人生とともに、世界と日本を語る。〈解説〉中満泉

S320
## 「無罪」を見抜く
―裁判官・木谷明の生き方―
木谷明
山田隆司
嘉多山宗 聞き手・編
有罪率が高い日本の刑事裁判において、在職中いくつもの無罪判決を出し、その全てが確定した裁判官は、いかにして無罪を見抜いたのか。〈解説〉門野博

S321
## 聖路加病院　生と死の現場
早瀬圭一
医療と看護の原点を描いた『聖路加病院で働くということ』に、緩和ケア病棟での出会いと別れの新章を増補。〈解説〉山根基世

2025. 6

S322
# 菌世界紀行
―誰も知らないきのこを追って―
星野保

大の男が這いつくばって、世界中の寒冷地にきのこを探す。雪の下でしたたかに生きる菌たちの生態とともに綴る、とっておきの〈菌道中〉。〈解説〉渡邊十絲子

S323-324
# キッシンジャー回想録 中国(上・下)
ヘンリー・A・キッシンジャー
塚越敏彦ほか訳

世界中に衝撃を与えた米中和解の立役者であるキッシンジャー。国際政治の現実と中国の論理を誰よりも知り尽くした彼が綴った、決定的「中国論」。〈解説〉松尾文夫

S325
# 井上ひさしの憲法指南
井上ひさし

「日本国憲法は最高の傑作」と語る井上ひさし。憲法の基本を分かりやすく説いたエッセイ、講演録を収めました。〈解説〉小森陽一

S326
# 増補版 日本レスリングの物語
柳澤健

草創期から現在まで、無数のドラマを描ききる日本レスリングの「正史」にしてエンターテインメント。〈解説〉夢枕獏

S327
# 抵抗の新聞人 桐生悠々
井出孫六

日米開戦前夜まで、反戦と不正追及の姿勢を貫きジャーナリズム史上に屹立する桐生悠々。その烈々たる生涯。巻末には五男による〈親子関係〉の回想文を収録。〈解説〉青木理

2025.6

S328
## 人は愛するに足り、真心は信ずるに足る
―アフガンとの約束―
中村 哲
澤地久枝（聞き手）

戦乱と劣悪な自然環境に苦しむアフガンで、人々の命を救うべく身命を賭して活動を続けた故・中村哲医師が熱い思いを語った貴重な記録。

S329
## 負け組のメディア史
―天下無敵 野依秀市伝―
佐藤卓己

明治末期から戦後にかけて「言論界の暴れん坊」の異名をとった男、野依秀市。忘れられた桁外れの鬼才に着目したメディア史を描く。〈解説〉平山 昇

S330
## ヨーロッパ・コーリング・リターンズ
―社会・政治時評クロニクル 2014-2021―
ブレイディみかこ

人か資本か。優先順位を間違えた政治は希望を奪い貧困と分断を拡大させる。地べたから英国を読み解き日本を照らす、最新時評集。

S331
## 増補版 悪役レスラーは笑う
―「卑劣なジャップ」グレート東郷―
森 達也

第二次大戦後の米国プロレス界で「卑劣な日本人」を演じ、巨万の富を築いた伝説の悪役レスラーがいた。謎に満ちた男の素顔に迫る。

S332
## 戦争と罪責
野田正彰

旧兵士たちの内面を精神病理学者が丹念に聞き取る。罪の意識を抑圧する文化において豊かな感情を取り戻す道を探る。

S333
## 孤塁
―双葉郡消防士たちの3・11―
吉田千亜

原発が暴走するなか、住民救助や避難誘導、原発構内での活動にもあたった双葉消防本部の消防士たち。その苦闘を初めてすくいあげた迫力作。新たに「『孤塁』その後」を加筆。

S334
## ウクライナ 通貨誕生
―独立の命運を賭けた闘い―
西谷公明

自国通貨創造の現場に身を置いた日本人エコノミストによるゼロからの国づくりの記録。二〇一四年、二〇二二年の追記を収録。〈解説〉佐藤 優

S335
## 「科学にすがるな！」
―宇宙と死をめぐる特別授業―
佐藤文隆
艸場よしみ

「死とは何かの答えを宇宙に求めるな」と科学論に基づいて答える科学者vs.死の意味を問い続ける女性。3・11をはさんだ激闘の記録。〈解説〉サンキュータツオ

S336
## 増補 空疎な小皇帝 「石原慎太郎」という問題
斎藤貴男

差別的な言動でポピュリズムや排外主義を煽りながら、東京都知事として君臨した石原慎太郎。現代に引き継がれる「負の遺産」を、いま改めて問う。新取材を加え大幅に増補。

S337
## 鳥肉以上、鳥学未満。
―Human Chicken Interface―
川上和人

ボンジリってお尻じゃないの？　鳥の首はろくろ首!?　トリビアもネタも満載。キッチンから始まる、とびっきりのサイエンス。〈解説〉枝元なほみ

## 岩波現代文庫[社会]

S338-339
### あしなが運動と玉井義臣(上・下)
―歴史社会学からの考察―
副田義也
日本有数のボランティア運動の軌跡を描き出し、そのリーダー、玉井義臣の活動の意義を歴史社会学的に考察。〈解説〉苅谷剛彦

S340
### 大地の動きをさぐる
杉村新
地球の大きな営みに迫ろうとする思考の道筋と、仲間とのつながりがからみあい、研究は深まり広がっていく。プレートテクトニクス成立前夜の金字塔的名著。〈解説〉斎藤靖二

S341
### 歌うカタツムリ
―進化とらせんの物語―
千葉聡
実はカタツムリは、進化研究の華だった。行きつ戻りつしながら前進する研究の営みと、カタツムリの進化を重ねた壮大な歴史絵巻。〈解説〉河田雅圭

S342
### 戦慄の記録 インパール
NHKスペシャル取材班
三万人もの死者を出した作戦は、どのように立案・遂行されたのか。牟田口司令官の肉声や兵士の証言から全貌に迫る。〈解説〉大木毅

S343
### 大災害の時代
―三大震災から考える―
五百旗頭真
阪神・淡路大震災、東日本大震災、熊本地震に被災者として関わり、東日本大震災の復興構想会議議長を務めた政治学者による報告書。〈緒言〉山崎正和

S344-345
## ショック・ドクトリン(上・下)
―惨事便乗型資本主義の正体を暴く―
ナオミ・クライン
幾島幸子
村上由見子 訳

戦争、自然災害、政変などの惨事につけこみ多くの国で断行された過激な経済改革の正体を鋭い筆致で暴き出す。〈解説〉中山智香子

S346
## 増補 教育再生の条件
経済学的考察
神野直彦

日本の教育の危機は、学校の危機だけではなく、社会全体の危機でもある。工業社会から知識社会への転換点にある今、真に必要な教育改革を実現する道を示す。〈解説〉佐藤 学

S347
## 秘密解除 ロッキード事件
―田中角栄はなぜアメリカに嫌われたのか―
奥山俊宏

田中角栄逮捕の真相は？ 中曽根康弘と米政府との知られざる秘密とは？ 秘密指定解除が進む当時の米国公文書を解読し、戦後最大の疑獄事件の謎に挑む。〈解説〉真山 仁

S348
## 「方言コスプレ」の時代
―ニセ関西弁から龍馬語まで―
田中ゆかり

「方言」と「共通語」の関係はどう変わって来たのか。意識調査と、テレビドラマやマンガの分析から、その過程を解き明かす。大森洋平氏、吉川邦夫氏との解説鼎談を収録。

S349
## サンタクロースを探し求めて
暉峻淑子

なぜサンタクロースは世界中で愛されるのか。絵本『サンタクロースってほんとにいるの?』の著者が、サンタクロース伝説の謎と真実に迫る。〈解説〉平田オリザ

S350
## ジャーニー・オブ・ホープ
―被害者遺族と死刑囚家族の回復への旅―
坂上　香

殺人事件によって愛する家族を失った／失うかもしれない人びとが語り合う二週間の旅。この旅に同行し、取材した渾身のルポルタージュ。四半世紀後の現状も巻末に加筆。

S351
## 時を刻む湖
―7万枚の地層に挑んだ科学者たち―
中川　毅

国境を越えた友情、挫折と栄光…。水月湖が過去5万年の時を測る世界の「標準時計」となるまでを当事者が熱く語る。
〈解説〉大河内直彦

S5-6
## ご冗談でしょう、ファインマンさん(上・下)
R.P.ファインマン
大貫昌子訳

どんなことも本気で愉しむ。稀代のノーベル賞学者がユーモアたっぷりに語る痛快自叙伝。ベスト／ロングセラーの改版。
〈解説〉橋本幸士・江沢　洋

S352
## ケアの倫理と平和の構想
―戦争に抗する　増補版―
岡野八代

「正戦」「自衛」の名の下で人間を破壊する戦争の本質を明らかにし、平和の構想を紡ぎだす。岩波現代文庫収録にあたり、三牧聖子氏との対談を新たに付した。

S353
## 丸刈りにされた女たち
―「ドイツ兵の恋人」の戦後を辿る旅―
藤森晶子

解放後、ナチス・ドイツの兵士を愛した「罰」として丸刈りにされたフランス人女性たちの人生を綴る。〈解説〉マルコ・ソッティーレ

2025.6

岩波現代文庫[社会]

S354

# マリヤの賛歌

城田すず子

元「慰安婦」と名乗り出た数少ない日本人として知られる著者が、私娼や「慰安婦」として生き抜いた半生を語る。〈解説〉平井和子

2025.6